# 書店員の恋

梅田みか

ハルキ文庫



角川春樹事務所

# 目次

# 書店員の恋

# 第一章

書店が最も美しい時間は朝だ、と翔子《しょうこ》は思う。朝礼前の十数分間、書棚が並んだ二階文芸フロアは空気の流れが止まったかのような静寂に包まれ、人の気配もない。

棚と棚の間につくられたグレイのカーペット張りの小道をたどって、翔子はふと目に留まるあちこちの気がかりに手を伸ばす。本のスリップが出ているのを直したり、帯がずれてタイトルにかかっているのをもとの位置に戻したり、一巻と隣りあわせの三巻との間に、五巻の向こうに並んでいた二巻を持ってきて揃《そろ》えたり。

ガーデニングをする主婦が、毎朝その日その日の草花を気にかけるように、翔子は今日の本の様子に目を配る。本に水や太陽は必要ないが、誰かがいつも手入れしていなければたちまち生気を失う。もうすぐ出勤してくるはずのアルバイトたちのことも心に留めながら、翔子は束の間《つかのま》、本との対話をはじめる。

雑然として落ち着きのない棚には、カバーの背が同色のシリーズものを並べてみる。窮屈そうに見える棚からは、余分な一冊を抜き出し、本と本との間に人差し指を入れてバランスよくゆとりを持たせる。元気のない棚を活気づけるには、カンフル剤的な一冊を投入することと。まったく異質のものでは駄目だが、並びの本に関連性を持ちながらも棚全体に影響を与えるようなもの。あれこれ思案して工夫を凝らしたあと、定番の歴史小説を手にとった客が、隣にあった昭和史のエッセイを一緒にレジに持っていくのを見ると、翔子はそのお客とハイタッチしたいような喜びと高揚を味わうのだった。

ひとりでも多くの客が訪れて、棚に、本に触れてほしいと願う反面、この整然とした風景を誰にも乱されたくないという思いがちらりとよぎり、翔子は深呼吸を一度する。本のいい匂いがする。翔子が、書店員になってよかったと思えるのはこんなひとときだ。

本に囲まれていると安心するのはなぜだろう。それは単に、本が好きな両親のもとで育ったからだろうか。今も、群馬の実家には、翔子が幼い頃から読んできた本が詰まった棚がある。ほとんどが日に焼けて傷んだ古本で、とっくに処分されても仕方ないような代物だが、本だけはもう一度読みたいと思ったときに手に入らないかもしれないから、と父も母も決して片づけようとしない。そのくせ、翔子が預けておいた冬物のコートやブーツを場所塞《ふさ》ぎだと勝手に近所の親戚にあげてしまう。だいたい翔子の名前だって、両親の好きだった作家・柴田翔からとったものだ。翔子自身は『されどわれらが日々──』のセンチメンタリズムには、今ひとつ共感できなかったのだが。

「こんなに気持ちのいい春の朝なのに」

本と翔子の、静かな空間を破ったのは、同期入社の大谷麻奈実《おおたにまなみ》だった。

「もう帰りたくなっちゃった、私」

「どうしたの？」

翔子が振り返ると、麻奈実は唇をちょっと尖《とが》らせて大袈裟《おおげさ》にため息をついてみせた。

「あの敏腕店長、この靴がお気に召さなかったみたい」

麻奈実の足元を見ると、先にリボンの飾りがついたバレエシューズを履いている。

「すれ違いざまに『派手な靴ですね。勤務中は気をつけてください』だって。この程度で注意されるって、何なの？　私は高校生か」

革を折りたたんだリボンの真ん中に、控えめなラインストーンがひと粒きらりと光っているが、それがこの三月に着任した店長の山崎《やまざき》の目には華美に映ったということか。翔子は、ドンマイ、といったふうに麻奈実の肩を軽く叩《たた》いた。

翔子たちの勤めるシティライフブックス渋谷店の勤務ドレスコードはトップスが白、ボトムスは黒か紺、というだけの、かなりゆるいものだ。特にアルバイトなどは、白っぽいTシャツにジーンズ、スニーカーという私服の上から、男女共通である濃紺のキャンバス地のエプロンをすればそれで合格。一応、踵《かかと》の高い靴は禁止とされているが、一日中立ちっぱなしで重たい書籍を抱えて店内を歩きまわるとわかっていて、わざわざ好んでハイヒールを履きたいと思う女子社員などいない。翔子は、ふだんから黒や紺のぺちゃんこ靴を何足か履きまわしていて、それをそのまま仕事にも使っていた。ふだんからお洒落《しゃれ》に気を抜かない麻奈実が、バレエシューズを職場の装いに取り入れるのはごく自然なことだろう。

「まだ来たばかりだから、目につくもの何でも気になるんじゃない？　あんまり気にすることないよ」

翔子が言うと、麻奈実はきれいに整えた眉をふにゃっと八の字にさせてコケティッシュな微笑《ほほえ》みをつくった。そんな女性らしい麻奈実の表情に、翔子はいつも心をなごまされる。お互いに短大新卒で入社して六年、仕事で何か問題があるたびにこうして愚痴を言いあいながらやってきた。どちらかというと、心を開くのに時間がかかる翔子にとって、麻奈実は気を許して本音で話せる貴重な同僚だ。

「ねえ、新しい店長になってから、うちの店、いろいろ変わってきたと思わない？」

麻奈実は声を潜めながらも、強い語気で言う。翔子はどこかで山崎が聞き耳を立てているのではないかとひやひやしながらうなずいた。

池袋店の売り上げをたった一年で倍にしたという功績を引っさげて渋谷店にやってきた山崎は、着任早々、地下一階から地上五階の店舗全体をチェックしている最中だ。彼のようなやり手の店長なら、まずどんな店なのかを徹底的に把握して、どこを改善するべきかを考えるのは当然のことだ。ただ、新任の店長に棚やシステムを細かく見てまわられるのはけっこう緊張するものだし、アルバイトたちも皆身構えてしまう。

「ふた言目には売り上げ、売り上げ、ってさ」

メインの入り口を入ってすぐの一階雑誌・新刊フロアを担当している麻奈実は、売り上げ至上主義の山崎の影響をまともに受けている社員のひとりだろう。メインのフェア台をはじめ、いわば〝書店の顔〟となる売り場の改革は、店長が最も力を入れるところだ。翔子のいる二階は文芸、新書、文庫、エッセイ、ノンフィクションなどを扱うフロアだが、さっそく、この棚はどうしてこういう並びなのか、売り上げを伸ばすための策はあるのか、などと唐突に質問されて、翔子はふがいなくも答えに詰まってしまった。

「うん。田島《たじま》さんとは、正反対だよね」

翔子がこの書店に勤めた六年前から先月まで店長だった田島は、昔ながらの職人タイプの書店員で、客からの本の問いあわせに「あの棚の、上から二段目の右から三冊目」などと即答するのを、翔子はいつも尊敬のまなざしで見ていた。田島に書店員の仕事の楽しさを教わってきた翔子は、ここ数年、急速に変化していく書店の形に違和感を抱かずにはいられない。

「まあ、書店が変わるのも仕方ないか。私だって、社販の割引がなかったら本なんてアマゾンでしか買わないもん。雑誌も近所のコンビニで買うほうが便利でしょ、持って帰るの重いし」

麻奈実は急にあっけらかんとした様子で言った。

「書店員がそんなこと言ってどうするのよ」

翔子が笑うと、麻奈実はちょっと肩をすくめた。彼女の言うことも一理ある。翔子も最近、書店に行っても昔みたいに楽しくない。それは、書店が自分の仕事場になってしまったからだと思っていたけれど、理由はそれだけではないのかもしれない。

「どこの書店も生き残りに必死ってことよね。私も売れ残らないようにがんばらないと」

麻奈実の目下の目標は、二十代のうちに結婚すること、それも年収一千万以上の極上の相手を見つけることだ。

「今日も帰りに一個あるんだ、外資系商社のワイン同好会だって。たまには翔子も行く？」

「わたしはいいよ」

同じ二十六歳なのに、結婚のことなど考えたこともない翔子とは対照的に、麻奈実は大きな目標に向かって毎週のようにせっせとセレブ合コンやカップリングパーティに参加している。

「翔子には、大輔《だいすけ》くんがいるもんね」

麻奈実はエプロンをかけた胸の前で両方のひじをくっつけ、両手の甲をふたつの山にして器用にハートの形を作ると、じゃあまたあとで、と急ぎ足で持ち場に戻っていった。毎朝、麻奈実が三本のコテを使って作る絶妙なゆるいウェーブのかかった髪は、シンプルな黒のバレッタできっちりひとつにまとめられている。どこから見ても、麻奈実は清潔感のある模範的な書店員だ。もちろん合格、と翔子は満足して彼女の背中を見送った。

翔子は腕時計で朝礼までの時間を確認し、手早く平積みの体裁を整えながら、ふっとため息をついた。麻奈実のひと言で、昨日の、大輔との会話をまた思い出したのだ。

「店長に言われたんだ。料理長候補で、社員採用に応募してみたらどうかって」

翔子が水田《みずた》大輔と一週間ぶりに会ったのは、桜新町駅の南側に新しく出来たカフェだった。大輔の職場であるファミリーレストランのすぐ近くだ。土日定休の仕事でないふたりが、苦労して休みのシフトを合わせたのに、当日になって厨房《ちゅうぼう》のアルバイトがひとり休み、大輔が急遽《きゅうきょ》穴を埋めることになってしまった。貴重な休日を宙ぶらりんにされた翔子は、仕方なくひとりで映画を観《み》たあと、大輔の休憩時間をねらって近所まで押しかけたのだった。

「最近、アルバイトはみんな高校生でさ。長くバイトしてるの、おれだけで、実は肩叩かれてんのかなって気もすんだけどな」

そう言って大輔は、注文したワッフルをフォークで大きく切りとって口に運んだ。何度かうなずいて、うまい、と小さくつぶやくのが聞こえる。大輔の舌が、このカフェに合格点を与えたのだ。

「それで、大輔は何て言ったの？」

大輔は翔子の問いには答えずに、半分まで食べたワッフルを翔子のほうに押しやって、自分は次のパニーニにかぶりつく。あたたかみのあるペールオレンジの壁が真新しい店内で、つるつるの白木のテーブルについているのは大輔以外、全員女性客だったが、彼はそういうことに居心地の悪さを感じるようなタイプではない。まったく気にしないどころか、新しくカフェやレストランが開店したと聞くと、ひとりでも出かけていって看板メニューや目新しいデザートを試してみる。まあ最近はそんな余裕もあまりないけれど。

「おれは長くやってるから特別、肉や魚のグリルもまかしてもらってるけど、厨房のバイトは基本、皿洗いと調理補助だろ」

「調理補助？」

「サラダバーの野菜洗ったり切ったり、パンケーキ焼いたり、あとポテト揚げたりね」

「それなら、高校生でもできるよね。会社側もそのほうがバイト代安くて都合がいいんだ」

「ああ。うちはほかのファミレスと違ってレンジ調理はほとんどしないから、料理長は社員じゃなきゃいけない決まりなんだ」

大輔が今のファミレスでアルバイトをはじめた頃は、翔子もよく立ち寄って大輔の担当するパンケーキやオニオンスープを食べた。オムライスの担当をまかされたときは、大輔のアパートに卵を三パックも買って帰って、練習と試食につきあわされたものだった。

「でも、断ったんでしょ？　社員になるのは」

「ううん。まだ」

　大輔の夢は、将来、一流のシェフになること。大学に入った年から五年間、ずっと厨房でアルバイトをしていた代々木上原のフレンチレストランが閉店してから、なかなか次の店が決まらないまま時が経《た》ってしまった。本当は「ちゃんとした」フレンチレストランで料理を勉強したいのだが、生活費を稼ぐための急場しのぎにはじめたファミレスでのアルバイト歴はもう二年だ。こんなことなら、大学新卒で内定をもらっていた食品関係の会社に就職すればよかったのに、とも思うが、もしそうだったら翔子は大輔と出会っていなかっただろう。

「どうして？　社員になったら、もっと身動きとれなくなるんじゃない？」

　アルバイトとはいえ、職歴が長くなるにつれやはり責任は増し、自由はきかなくなる。最近の大輔は、週に二日休めることはめったになくなり、肝心の就職活動などさっぱりする時間がない。当然、翔子とゆっくりデートする暇もない。

「それはそうだけど。忙しさでいったら、今のほうがひどいかも。社員になれば、逆にちゃんと週休二日とれるし、ちょっとは給料上がるかも」

　でも、と言いかけて、翔子は口をつぐんだ。大輔の夢は一流のシェフになって、いつか自分のお店を持つこと。でも、その大きな夢も、ずっと前に聞いただけで、今はもう忘れ去られてしまったように見える。

「よくさ、カネがあるときは使う暇がなくて、時間がたっぷりあるときはカネがない、って言うだろ」

翔子は黙ったまま、半分ずつ食べていたワッフルの残りの一片を口に放り込んだ。もうあらかた冷めていたけれど、やわらかい生地と自然な香りのメープルシロップが溶けあっておいしい。

「でも今のおれはさ、カネもないけど暇もないの。最悪だよな。最悪だろ?」

大輔の目は笑っていたが、翔子は笑わなかった。今の大輔の状況を笑い飛ばしたり冗談にしたりしたくなかった。夢や仕事を語る大輔には、いつも大真面目でいてほしかった。

「最悪じゃないよ」

翔子はきっぱりと言った。

「大輔には、仕事もあるし、夢もあるじゃない」

それに、わたしだっている。心中で翔子はつぶやく。

「そう。そうだよな」

大輔はまた笑って、色褪《あ》せた紺のTシャツの袖をまくり上げ、大きく伸びをしながら左手首のGショックをうまく視線の先に持ってきて、さっと時刻を確認した。その一連の動作のなかで、大輔はもう、ファミレスの社員になるつもりなのだと翔子は思った。彼の決断を、彼女として喜ぶべきなのかもしれない。でも、翔子は今も、大輔は夢に向かっている道の途中だと思いたかった。

「おれ、もう行かなきゃ」

レシートをつかんで立ち上がりながら、大輔は翔子の頭をくしゃくしゃとやった。つきあいはじめた頃からずっと、大輔がよくする翔子の大好きな仕草だ。

「おれにはカネも時間もないけど、愛はあるからなあ」

大輔は、やや奥二重の人のよさそうな目をちょっと細め、あごをいくらか上に向けて、わざと自信満々な笑みで言ったが、それがかえって今の大輔の自信のなさをうかがわせた。今の大輔には、お金も、時間も、自信も、もしかしたら、夢もない。では愛は、翔子への愛はあるのだろうか？　まだきっとそこにあるはずだと翔子はすがるように大輔の瞳を見つめたが、じかには伝わってこなかった。

「着任して二週間、この渋谷店の現状、そして改善点がようやく見えてきたところです」

朝礼の冒頭で、山崎はやや早口で言った。銅色の細いフレームの眼鏡が、神経質そうな細面の顔をさらに鋭く見せている。麻奈実に言わせると、こういうタイプこそ、『MEN'S EX』か何かを読ませてちょっとお洒落させれば、けっこうイケてる〝ちょいワルオヤジ〟に変身するはず、らしいのだが、翔子にはまったくピンと来ない。恋愛守備範囲が広い麻奈実と違って、同い年か、せいぜい二、三歳年上の男性としかつきあったことのない翔子には、四十代以上の男性は自動的に全員〝父親〟の項に分類されてしまう。まったく二十六にもなって、それもどうかと自分でも思うのだが。

「人事により、二階チーフの工藤真一《くどうしんいち》さんが新宿西口店に今日付けで異動になりました」

唐突な人事の発表は、週に一度の全体朝礼で集まっていた総勢六〇名の社員とアルバイトたちを驚かせた。翔子は直属の上司であった工藤から内々に話は聞いていたが、ここまで急な異動とは知らなかった。隣に立っていた麻奈実が、ひじでつついてきたが、ほんの少しうなずいて応えるのがやっとだった。

「新体制については、追って私から直接各社員に伝えます」

そこまで聞いて、翔子は数人のアルバイトたちの向こうに立っている松尾純也《まつおじゅんや》のほうに目をやった。純也は無表情で、昨日の売り上げについて細かい数字を交えて淡々と語る山崎を見ている。

「正直、この立地、この店舗面積で、この数字は決して上々とは言えません」

純也が近々、二階のチーフになるのではないか、という噂《うわさ》はずいぶん前から出ていた。書店員にはめずらしくない中途採用組で、大手デパートから転職してきた純也は、職歴は翔子より浅いが、年は四つ上の三十歳。以前は四階でビジネス書や人文書を扱っていたが、去年二階に移ってきてからは、翔子も信頼して仕事の相談ができる社員のひとりだ。純也の文芸に対する造詣の深さには定評があったし、彼とだったら、少々方針の合わない店長の下でも、穏やかに問題なくやっていけそうな気がした。

「書店戦争の厳しい状況のなか、皆さんにはさらなる危機感を持ってもらいたい。私としては、今後の新体制に賭けたいと思っています」

そう言って眼鏡のつるに手をやった山崎が、ちらりと純也のほうに視線を送ったように見えた。やっぱり、と翔子はちょっと安堵《あんど》して微笑んだ。もしも後任が純也でないとすれば、また新たに他店から誰かが赴任してくることになるのだろうが、そうなればさらなるストレスが翔子を襲うのは目に見えている。売り上げにうるさい店長と、新しい職場に慣れないチーフの板ばさみになる自分。翔子は容易に浮かんできた想像をかき消し、半ば祈るような気持ちで、純也の横顔を見つめた。するとその視線を感じたのか、純也が立っている軸足を変えて身じろぎしたので、翔子はあわてて視線を山崎に戻した。

「何度も言っているが、本は作品でなく商品。とにかく売り上げを伸ばすことが書店の使命。それをしっかりと頭に入れておいてください」

続いて各フロアからの報告に移っていったが、翔子はすっかり安心して、今月は社販でどんな本を買って読もうか、などと考えながら、ふとすぐ横の新刊台に目をやった。

ピンク、水色、黄色、エメラルドグリーン、甘いパステルカラーのグラデーションに、ハートや星柄、クローバーや虹など、小学生向けのファンシー文房具のようなカバーがずらりと並んでいる。つたない書き文字の平仮名タイトルに、漢字二文字やローマ字の、記号のような著者名。翔子は急に、自分が場違いなところに立っているような違和感をおぼえて思わず目を背けた。

渋谷という場所柄、１０９やセンター街から流れてくる若年層の客は多く、入り口付近に〝ケータイ小説〟の新刊本を揃えることは、まさにニーズに合った戦略だといえるだろう。もちろん書店員にとって、どんな本も大切な一冊。翔子だって、こんな本は売れてほしくないなんて思ったことは一度もない。ただ、翔子はこれが世の中の流れなのだと頭ではわかっていても、どうしてこのような本がこぞって求められるのか不可解に思われ、そして少し悲しくなるのだ。翔子個人としては、十代の鋭いはずの感性で読んでほしい小説は、もっとほかの場所にあった。

「では、接客用語をやりましょう。今井《いまい》さん、お願いします」

「はい」

ふいに接客用語のリード役を指名されて、虚をつかれた翔子は少し上ずった声で接客用語の唱和をはじめた。

「いらっしゃいませ」

「いらっしゃいませ」

「かしこまりました」

「かしこまりました」

「少々お待ちください」

「お待たせいたしました」

「ありがとうございました」

「ありがとうございました」

だんだんと落ち着いて、口を大きく開いてはっきりと発音しながら、翔子はふと、もしかしたら大輔も、今頃同じ台詞《せりふ》を口にしているかもしれないと思った。書店とファミリーレストラン、翔子と大輔の仕事内容はまるで違うのに、朝礼ではまったく同じ接客五大用語の儀式を行う。お互い接客業だから当然といえば当然なのだが、翔子はどうしても不思議な感じがしてしまう。

「では、今日も一日よろしくお願いします」

よろしくお願いします、と一礼して、翔子は足早に非常階段に向かう。開店まであと十五分。今日も、本との出会いを求めてたくさんの人々がここにやってくる。できるだけ多くの人に、ひとつでも多くの素晴らしい出会いがあるように、最高の場を提供したい。翔子は履き慣れたフラットシューズで階段を駆け上がった。けれどその軽やかな足取りは、ほんの数段で行き場を失って宙に浮いた。

「今井さん。ちょっと、事務室まで来てくれませんか」

山崎の低い声に呼び止められて振り返ったとき、翔子はぼんやりと、こんな地味な靴でも、彼がよくよく見さえすれば、どこか文句のつけどころがあるのかもしれないなどと考えていた。


「おめでとう！」

ひかりの華やいだ声に、翔子は少々決まり悪く目線を外した。広がる夜空に優美な刺繍《ししゅう》を施したように、ほぼ満開の桜が辺りを品よく彩っている。目黒川の遊歩道沿いに並ぶ建物のなかで唯一、テラス一面を開放したカフェレストランのテーブルで乾杯したのは、ロケーションにぴったりの、桜色のロゼワインだ。

「ありがとう……って、まだおめでたいかどうかわかんないけど」

「また。好きな仕事で出世したんだから、素直に喜べばいいのに。翔子はいつもネガティブ・シンキングなんだから」

確かに、短大時代からずっと翔子を近くで見てきたひかりの言うことは、ずばりと当たっていた。今、翔子を包んでいるのはうれしさでも誇らしさでもなく、列の後ろのほうで楽しくダンスを踊っていたら、いきなり最前列に引っ張り出されてしまったような気恥ずかしさだった。

「だって、わたしがあの店長の期待に応えられるなんて、どうしても思えないんだもの」

女性書店員ならではの柔軟な感性で、若い女性層を取り込める文芸フロアをつくってほしい。それが山崎の、翔子をフロアチーフに抜擢《ばってき》した理由だった。てっきり純也が昇格するものと思い込んでいた翔子は、驚きにしばらくうまく口が利けなかった。きみならまだ若いし、もうすっかりジャンルとして定着したケータイ小説や、女子高生の口コミで広がった流行の本などをピックアップして売れ筋を押さえた売り場にできるだろう。期待を熱っぽく語られれば語られるほど、翔子は気持ちが尻込みしていくのを感じた。

「それに、ケータイ小説や女子高生本なんて、もともとくわしくないし」

くわしくないどころか、翔子はケータイ小説を一冊でもちゃんと読んだことがなかった。あの横書きの、短い文と台詞ばかりが並ぶページが苦手で、映画化されてベストセラーになったケータイ小説のポップを作るときも、あらすじやキャッチフレーズだけを参考に書いてしまったくらいだ。

「そんなの、ぜんぜん気にすることないと思うけどなあ」

そう言ってひかりは冷えたワインをごくごくと一気にグラス半分以上飲み干した。

「夜桜見上げながら、こんなおいしいワインが飲めるなんて、あたし、かなり幸せかも」

ひかりの、黒い瞳が印象的なエキゾチックな顔が、春の夜気にしっとりと大人っぽく見えた。ひと月前、やはり仕事帰りに待ちあわせて食事をしたときと、少し感じが違うような気がする。ふだんの装いよりいくらかフェミニンなチュニックブラウスのせいか、夏に向けて彼女が愛用しているブロンズカラーのフェイスパウダーのせいかもしれない。

「まあ、私が私がって、実力もないのに前に出ていく女が多いなか、翔子みたいな奥ゆかしさは貴重なんだけどね。もうちょっと素直に喜んでもいいんじゃない？」

そう言うと、ひかりは何か思いついたようにサマンサタバサの白いバッグの中を探り出した。翔子にはどう考えても装飾が多すぎて使いにくそうに見えるのだが、ひかりは給料が出るたびに新作バッグに手を伸ばす。それでも追いつかない、週一ペースで次々発売されるニューモデルが、さらに物欲をそそるらしい。

「ねえ、これ、行ってみない？」

ひかりが横長のバッグから引っ張り出したのは、黒とピンクを基調とした二色刷りのリーフレットだ。

「わたしはいいよ、こういうのは」

即座に勘が働いた翔子は、文面をろくに見もせずにつき返した。

「ううん、翔子みたいな人こそ、こういうのを受けたほうがいいのよ。宇宙のエネルギーと大地のエネルギーを補充すれば、よりポジティブな生き方ができるようになるって」

ひかりは大真面目にキャッチコピーの受け売りをするが、この間は「ファッションをスピリチュアルな切り口でとらえ、ワンランク上の自分を発見するビューティーワークショップ」に参加して、予想外のアドバイスに、ふたりしてワードローブを大整理したばかりだ。その前は「地上ではできない姿勢矯正で全身スッキリ、アクアピラティス」のレッスンを受けるのに、翔子はエクササイズ用のセパレートタイプの水着を新調させられた。

「今度は宇宙と大地のエネルギー？　よく次々見つけてくるね」

翔子はあきれ顔で言って、カマンベールチーズとオリーヴの前菜をつまんだ。ひかりはエディトリアルデザイナーという仕事柄、自らレイアウトを担当する女性誌のいろいろな特集ページから大量の情報を仕入れてくる。新し物好きで、小さい頃から次々はじめた習いごとがただのひとつも続かなかったという彼女は、よく言えばありとあらゆる流行に敏感なのだ。悪く言えば飽きっぽい。

「そんなこと言わないでつきあってよ。もう、あたしと翔子とふたりぶん、申し込んじゃった」

「もう、また勝手に人の名前使って」

「うれしいくせに」

そう言って、ひかりはふふふっと笑った。彼女の言うとおり、ひかりが見つけてきたさまざまな体験ものにつきあわされるのは、翔子のちょっとした楽しみでもあった。こんな強引な誘いがなければ、翔子の毎日はもっと単調なものになっていたかもしれない。今日のこの〝お花見カフェ〟も、期間限定でオープンするという情報をひかりがいち早くキャッチして予約を入れてくれたからこそ、こんな特等席で夜桜を楽しむ贅沢《ぜいたく》が味わえるのだ。

久野《くの》ひかりは翔子の、十八歳で東京に出てきて最初に出来た友達だ。出会った頃のひかりは、翔子の目にまぶしい太陽の光のように見えた。持ち物や着ているもの、ちょっとした小物使いなどが実に洗練されていて、翔子は片っ端から真似《まね》したくなった。高校時代、同級生に誘われて渋谷や原宿のファッションビルに買い物に来たことはあったが、ひかりに案内されて、はじめて代官山や自由が丘のお洒落なセレクトショップを訪れたとき、翔子はまるで外国に来たような衝撃を受けた。

同じ関東圏とはいえ、翔子の群馬の実家はキャベツ畑に囲まれ、いちばん近くの店まで車で十五分くらいかかった。上京するまではそれが当たり前だと思っていたが、東京の港区生まれのひかりが、バスがたった五分遅れただけで文句を言ったり、車で数キロしか走っていないのに、まだ着かないの？　と何度も聞いたり、マンション内のポストに郵便を取りに行くだけなのにいちいち鍵をかけたりするのを見るたびに、やっぱり東京は違うと思い知らされた。

「まあいいか。今度の休みも、大輔は仕事だから」

ふと漏らした翔子のため息のような言葉に、ひかりが顔を上げた。

「ふうん、そんなに忙しいんだ、愛《いと》しの彼氏」

「愛しの、かどうかはわかんないけど」

「まあまあ、恋愛までネガティブはやめてよ」

ひかりが、まだ少し残っている翔子のグラスにデキャンタが空になるまでワインを注《つ》いだ。

「忙しいのはお互い様だけど。休みの日がなかなか合わなくて」

「週にどれくらい会ってるの？」

「週に、じゃなくて、月に二、三回」

「ふうん。それで、ちゃんとしてる？」

「何を？」

翔子はひかりの質問の意味をわかりつつ、わからないふりをして答えた。ひかりはそれ以上聞かず、意味深に黒目をまわしてみせてから追加のワインとパスタを注文した。そのうち観念して翔子は言った。

「月に、一回ぐらいかな」

本当は、月に一回もしないときもあった。日中、デートらしいデートができたときは大輔が遅番で店に出ることが多かったし、仕事帰りに会って翔子の家に泊まりに来るときは、朝からのハードな仕事に疲れきった大輔はだいたいテレビかＤＶＤを観ながら眠ってしまう。つきあいはじめた頃は、会うたびに翔子の部屋に来たがって、どんなに時間がなくてもセックスをしてから仕事に出かけたのに。翔子はふたりの間にゆるやかに起こったこの変化を密《ひそ》かに気にしてはいたが、親友にも正直に話せない種類の悩みだった。誰かに話したとたん、深刻な問題になって、この恋そのものをこわしてしまうような気がした。

「へえ。ちょっとした遠距離恋愛並みね。大丈夫なの？　ふたり」

「わからない」

ひかりだったら、セックスレスになる彼氏など、絶対に許さないだろう。潔く別れてしまうか、ほかの男性に目を向けるか、そもそもこんな状況をつくらないように、上手に彼をリードできるに違いない。

「いいかげん、大輔くんと一緒に住めば？」

「それはいやなの」

翔子がちょっと眉をひそめて首を振ると、ひかりはまたおかしそうにふふふっと笑った。

「ヘンなとこ、頑固なのよね。帰るところが一緒なら、ベッドもひとつでしょ。そしたらセックスする時間ぐらい出来るわよ」

ちょうどワインのデキャンタを運んできたウェイターが一瞬ぎょっとしたようにたじろいだが、すぐに余計なことは聞かなかったことにして、ごゆっくり、とにこやかに言った。

「わたしも、考えたことないわけじゃないけど。同棲《どうせい》するのはやっぱりいやなの」

翔子は短大在学中、近隣の女子学生会館から通っていた。もちろん費用は実家に頼っていたため、翔子は家賃が安くてすむふたり部屋を選んだ。幸い、ルームメイトは育ちがよくきちんとした四大生だったが、常に誰かと部屋を共有しなくてはならない窮屈さを日々感じずにはいられなかった。翔子は就職してすぐに実家からの仕送りを断り、自分の給料の中から家賃を捻出して永福町にアパートを借りた。八畳ほどのワンルームは築十五年で駅から歩いて二十分弱、きれいでもお洒落でも便利でもなかったが、はじめて自分だけの部屋を得た喜びは何ものにも替えがたかった。そのあと今住んでいる池尻のコーポに引っ越してもうすぐ三年になるが、どちらの部屋も翔子の大切な砦《とりで》だった。

翔子にとって自分の部屋は、自分の足で、ちゃんとひとりで立っている証《あかし》なのだった。もちろん、いつかは結婚したり家族を持ったりするだろう。けれど、それでも誰かに寄りかかって生きていくだけではいけない。自分ひとりで立っていられなければふたりになっても駄目ではないか。そんな意識が翔子には強くある。だからこのまま多忙や不便を理由にして、なし崩し的に大輔が転がり込んでくるという状況だけは避けたかった。

「ふうん。あたしだったらすぐにでも一緒に住んじゃうけどな。会えないと不安じゃない？」

「でも今のままじゃ、一緒に住んでても不安だと思う」

「そうか。ひとりで寂しいのは当たり前でも、ふたりで寂しいのはもっとつらいもんね」

ひかりが何気なく言った言葉に、翔子ははっとした。いつも両親と兄弟と一緒の賑《にぎ》やかな自宅暮らしで、ボーイフレンドもたくさんいるひかりが、寂しさを感じるときがあるなんて、そういえば考えたこともなかった。

「ひかりは？　最近、あんまり彼氏系の話、聞いてなかったけど」

「あたし？　相変わらずのメンツかなあ。彼氏候補がいすぎて、イマイチひとりに絞れないのよね」

ひかりの飽きっぽさや新し物好きは恋愛にも見事に表れていて、学生時代はきっかり三か月ごとに彼氏が変わり、翔子やまわりの女友達は覚えるのが大変だった。出入りの激しいときは、週ごとに違うボーイフレンドと腕を組み、月に一度は〝運命の人〟が現れていたものだ。

「かといって、今さら二股かけるのも面倒だしさ。前はぜんぜん平気だったのに。こういうのって、もうトシなのかな」

ひかりは少し酔ったときによくする動作で、肩をすくめながらやわらかそうな髪をかき上げた。ああ、こんな色っぽい仕草に男はめろめろになるのだなと思いながら、翔子は言った。

「普通、若くても二股なんかかけられないの。贅沢なのよ、ひかりは」

「そんなことない。もう贅沢なんて言ってられないわよ。あたし決めたの。今度の彼氏は結婚対象！」

翔子は思わず、えっと声を出した。

「ほんとに？　ひかりが？」

ひかりは大真面目にうなずいてみせたが、またワインを思いきりよく飲み干していたので酔っているだけかもしれない。でも、翔子の予想に反して、ひかりははっきりとした口調で言った。

「だってあたし、結婚するまでに最低三年はつきあいたいのよね。そうなると、逆算するとそろそろでしょ？　だから男選びにも慎重にならなきゃ、ね」

ひかりは翔子によろけかかりながら立ち上がり、行ってくるね、と手で示してから化粧室に向かった。その後ろ姿を見送り、翔子はやはり、彼女がこの前会ったときより大人びていると感じた。自由な恋を思う存分楽しんできたひかりが、最近、ずいぶん落ち着いてきたと思っていたら、今度は最高の結婚を手に入れようとしている。翔子は、自分だけ取り残されて、ずっと同じところで足踏みしているような焦燥を感じて空を仰いだ。

そのとき少し強い風が吹いて、桜並木を揺らした。ちらちらと舞い落ちてきた薄桃色の花びらがひとつ、翔子のワイングラスの中に落ちた。花びらはすぐに沈んでしまわずに、ロゼのプールをゆったりと漂う。その美しく印象的な春のシーンが、翔子の心に一片の幸福をもたらした。翔子はこの小さな出来事を、ひかりには言わずに自分だけの秘密にしておこうと決めた。

翌日、翔子が注文品の品出しを終えて事務室に戻ってくると、遅番で出社した純也がメールチェックをしているところだった。

「聞いたよ、チーフのこと」

どう返事をしていいかわからず、翔子は口ごもった。そのとまどった表情に、純也はくすっと笑った。

「先週、店長に、今井さんはどう思う？　って聞かれてさ。今井さんなら仕事熱心だし、適任だと言っておいたよ」

どこからどう見てもチーフ候補の純也に意見を聞くなんて、と翔子は山崎に対して軽い憤りを感じたが、彼のきっぱりとした笑顔がその感情を和らげた。

「がんばって。僕はサポート役のほうが性に合ってるしね」

「ありがとうございます」

そんなにさわやかに笑わなくてもいいのにと思いながら、翔子は観念するように、曖昧に微笑した。すると、純也の表情が、翔子の背後を見てきりりと引き締まった。

「ああ、瑞穂《みずほ》さん、おはようございます」

振り返ると、ぴったりしたチャコールグレイのスーツに身を包んだ加藤《かとう》瑞穂が入ってきた。細いストライプの入った膝丈のタイトスカートと、素足に履いたノーネームのウェッジソールスニーカーが、ヨーロッパマダムのような上質の日焼け肌を引き立てている。

「あらあら、文芸チーム精鋭おふたりお揃いで。ちょうどよかったわあ」

瑞穂は黄色いゴヤールのトートバッグからB4サイズの茶封筒をいくつも取り出した。

大手出版社・洋文《ようぶん》出版の敏腕営業ウーマンである瑞穂は、多忙な業務にもかかわらず、どの版元の担当社員よりも頻繁に足を運んでくれる。そのパワフルな仕事ぶりと人懐こい笑顔にどのフロアの書店員も親しみを持ち、かつ一目置いている存在だ。

「はい、来月のうちの新刊、大注目でお願いしまあす」

瑞穂は分厚いゲラの束を純也に手渡し、翔子にはタイトルやあらすじや作家プロフィールを盛り込んだ資料を手渡した。バブル時代に一世を風靡《ふうび》した大物作家の新刊で、ファンの間では早くも話題になっていた長編小説だ。

「五年ぶりの書き下ろしってことで、先生も相当気合入ってらっしゃるの。ぜひぜひ、渋谷店さんに大々的に取り上げてほしいのよお」

翔子は資料に目を通しながら、現在、この作家の作品をどのように大々的に取り上げたらいいのかを頭の中でシミュレーションしてみた。全盛期には初版を五万部も刷って、一週間も経たずに増刷するほどの勢いがあったそうだが、寡作の男性作家の爆発的な人気はそう長くは続かず、最近の初版は八千部程度にとどまっているはずだ。もちろん、根強いファンはついているからそこそこの部数は出るが、問題はその先だ。固定客以外の読者をつかめるかどうかは、やはり内容と広告戦略にかかっている。

「いいですねえ。やりましょうよ」

思案している翔子の傍らで、純也が即答した。

「待望の新刊ですからね。ファン向けだけでなく、大きな話題にしていきましょう。もちろん店長にも力を入れてもらうよう、取り計らいます」

自信を持って言いきる純也の誇らしい表情には、八〇年代からずっと出版界の王道を歩いてきた瑞穂と、当時から活躍し続けている作家たちへの羨望と尊敬が素直に表れている。

「いいなあ、瑞穂さんの時代は」

熱心にゲラをめくりながら、純也はまるで憧れの作家の書いた原稿の中に入り込んでしまいたいように見えた。

「何よ、人を年代もののワインみたいに。私はまだ古きよき時代を語るほど年とってないんだから」

瑞穂は、少々贅肉《ぜいにく》のつきはじめた純也の腹の辺りにパンチを食らわせるふりをして言った。純也はくすぐったそうに脇腹をよじりながらも、まだゲラからは目を離さない。彼のクリエイターへの純粋な憧憬《しょうけい》と、どことなくモラトリアムな精神性は、さらに上の年代から見ると大人になりきれない青さととらえられるのだろうが、翔子の目には純也の最も魅力的な性質に映った。

「あ、それから、瑞穂さん。二階チーフの後任、今井さんに決まりました」

純也が翔子をすっと前に出すように一歩後ずさりするのを見て、瑞穂は一瞬驚いたように目を見開いた。そして翔子を見て納得するように何度かうなずいたあと、小柄な体を精一杯伸ばすようにして両手を広げ、欧米風に翔子にハグをした。上品なブルガリのフレグランスが翔子をふわりと包んだ。

「翔子ちゃんが新チーフ⁉ 素敵、素敵、素晴らしいわあ」

「はい、正式に辞令が出るのは来週なんですけど……本当にわたしなんかに務まるのかどうか」

ためらいがちな翔子の言葉が聞こえなかったかのように、瑞穂は純也の手からゲラをとると今度は翔子の手にどさっと載せた。

「どうなの？ 翔子ちゃんに先を越された感想は？」

瑞穂に面白そうに顔を覗き込まれ、純也はやれやれ、といった顔で笑った。

「二十六歳の最年少チーフ誕生とはねえ。いよいよ世代交代、私も年とるわけだわあ」

そう言って瑞穂は笑ったが、書店まわりと、早朝と仕事帰りのジム通いで鍛え上げられたボディは、とても四十歳には見えない。今年の年賀状には、五年連続で完走したホノルルマラソンのゴールシーンが印刷されていた。仕事に一切妥協しないシビアな瑞穂の姿勢に、まだ入社間もなかった翔子は圧倒され、怖いと感じることもあったが、今では翔子にとって最も信頼できる年上の女性だ。

「誰もがつけるポジションじゃないのよ。しっかり、自信を持ちなさい」

瑞穂に背中をぽんと叩かれて、翔子は目が覚めたような感覚を味わった。きっと今まで、恋も仕事も人生も、すべて自分の力で道を切り開いてきた瑞穂からすれば、こんなチャンスを眼前に広げてもらってもなお、うじうじと躊躇《ちゅうちょ》している自分は、どれだけ甘く、幼く映るだろうと思った。

「はい、一生懸命がんばります」

はっきりと答えた翔子の心はもやもやとした霧が晴れて、青空が見えはじめていた。その様子を見ていた純也が、ふっと肩の力が抜けるように笑った。そこへあわただしく駆け込んできたのは、アルバイトの内野《うちの》雅樹《まさき》だった。

「やっぱ売れてますね、『自宅でカンタン・一日三〇分で一億円稼ぐ本』」

少々興奮した様子で追加発注の手続きをはじめる内野に、三人はちょっと顔を見合わせた。内野は、近隣の大学の経済学部に在籍する学生アルバイトのベテラン格だ。この春で最終学年を迎えたが、高校時代の留学や、一度か二度の浪人生活で、年は翔子とたいして変わらないはずだ。丸顔に黒縁眼鏡をかけた、少々オタクっぽい外見にそぐわず、意外と社交的で接客もうまいので、社員からも頼りにされているひとりだった。

「こういうの読むと、地道に働くのがバカバカしくなりますよね。やっぱ、一攫千金《いっかくせんきん》、一発当てでラクして儲《もう》けるって、男のロマンなんですかね？」

男のロマンが一攫千金なら、女のロマンは玉《たま》の輿《こし》ということになるのかもしれない。このようなマネージャンルの新刊が、今では月に約一〇〇冊以上も出版され、よほどのことがないかぎりコンスタントに売れていく。こんなに多くの人が、楽をして大金を稼ぎたいと考えているなんて、つい最近まで翔子は知らなかった。ぺらぺらと軽口をたたく内野をたしなめるように、瑞穂はまたバッグから新たなリーフレットを探し出してキーボードの横に置いた。

「その手の金儲け本ばかりじゃなくて、こっちもお願いね。今月うちから出るビジネスの新刊、イチ押しよお」

内野は今風に長めに切ったサイドの髪を揺らすようにして笑った。これからほかの階をまわるという瑞穂を送り出して、ふと返品の棚を見ると、この間翔子がおすすめポップを書いた新刊がもう並んでいる。《女にとって必要なのは、恋？　それとも友情？　あなたならどちらを選びますか？　感動のラストまで、クライマックスがいっぱい》。それほど知名度はない若い女性作家の作品だが、二十代の女性たちのこまやかな心理が見事に描写されていて、翔子は最近読んだなかでいちばんにあげたい小説だった。

「もう少し棚に残したかったけどね。これが彼のやり方さ。一週間まったく動きがない本は即、返品だ」

純也が、翔子の視線と残念そうな表情に気づいてさらりと言った。大輔はこんなふうに、言葉にしない翔子の気持ちを察してくれはしない。聞きたくても聞けないこと、言いたくても言えないこと、したくてもできないこと、大輔がそれを態度や表情や口数の少なさで察してくれたらどんなにいいだろうと翔子は思った。ただ、純也の持つある種の繊細さが、果たして恋人に必要なのかどうか、翔子にはわからなかった。

# 第二章

スクリーンいっぱいに映し出された血しぶきに、翔子は思わず目をつぶった。それでも画面からの閃光《せんこう》が、薄いまぶたを通して翔子に先ほどの恐怖を思い出させた。視覚を遮断した翔子に、復讐《ふくしゅう》の鬼となった主人公が次々と罪もない人ののどをカミソリで掻《か》っ切る音がリアルに迫ってくる。これが小説なら、どんなに怖い場面でもわくわくとページをめくっていけるのに。

いくつものスピーカーから多重音で攻めてくる大音響に、今度は耳を塞《ふさ》ごうとしたとき、ふっとすべての音が止《や》んだ。落ち着いたトーンのダイアローグが続く。もう大丈夫、と開きかけた翔子の目を、ふいに右隣から差し出された手が覆った。男性にしては細長い掌《てのひら》は、翔子の顔の上半分をすっぽりと隠した。

「まだ。目を開けないで」

ほの暗い映画館の最前列で、大輔の小さなささやきは震える翔子の胸にやさしく響いた。翔子は無条件にその声にしたがって、さらにかたく目を閉じる。そのとき再び、鋭利な刃物のような女性の悲鳴と効果音が轟《とどろ》き、反射的に翔子は大輔の腕に顔をぎゅっと押しつけた。麻のシャツの、上質な石鹸《せっけん》と乾いた汗が入り混じった匂いが、翔子を無条件に受け入れ、安心させた。いつも変わらない、大輔の匂いだ。もし、翔子が大輔と暮らすようになって、同じ洗濯機に服を入れるようになったら、この匂いは変わるのだろうか。

「はい、もういいよ。怖いところ、終わったよ」

大輔の手が翔子の頭をぽんぽんと叩《たた》いて合図を送ったが、翔子はさらに彼の二の腕にすっぽりと顔を埋《うず》めた。この世にふたりだけしかいないような錯覚が、翔子を気持ちよく微笑《ほほえ》ませた。これでは、怖がるふりをして恋人に甘える滑稽《こっけい》な図にしか見えないと重々わかりながら、翔子はもう少し、このまま大輔を近くに感じていたかった。今日は大輔との、本当に久しぶりの、ちゃんとしたデートなのだから。

「ほら。わかんなくなっちゃうぞ」

大輔の人差し指におでこを押されて、翔子はしぶしぶ体を離し、画面に目を戻した。シーンはがらりと変わって、主人公がよく晴れた日の歩道を楽しそうに散歩しているところだった。でも、明るい笑顔の裏で、彼の上着の内ポケットにはぴかぴかに研ぎ澄まされた刃《やいば》が隠されているはずだ。再び主人公がグロテスクな凶行に及んだとき、大輔はまた、翔子の目をやさしい手で覆ってくれるだろうか。翔子が横目で覗《のぞ》くと、大輔は目を画面に釘《くぎ》づけにされたまま、機械のように決まったテンポでポップコーンを口に運んでいた。

「何か、食欲ない……」

渋谷の映画館を出て、大輔が真っ先に向かったのは原宿にある老舗のハンバーガーショップだった。なぜだか、映画を観《み》たあとはこの店、と決めているらしい。ほかの事柄には一切こだわりを持たない大輔が、ただひとつ、食事をする店だけはかならず自分で選ぶ。大輔の確かな舌と勘で選んだ店はいつも想像以上においしかったから、翔子は素直についていくのだが、今日にかぎっては少々閉口だ。アメリカ仕込みの重量感たっぷりのバーガーはジューシーで美味に違いないが、人間がミンチにされる映画を観た直後はあまり食指が動かない。

「そう？　少なくともさっきの映画に出てきたミートパイよりはうまいぞ。あれ、まずそうだったよなあ」

スプラッター系のシーンを思い出しながらハンバーガーにかぶりつく神経に苦笑しながら、翔子が大輔を好きになったのは、こんなふうにおいしそうにものを食べる笑顔を見たときだったと思い出す。あのときも大輔は目を細めて、幸せそうにバゲットサンドを頬張っていた。

「ねえ、覚えてる？　はじめて会ったときのこと」

ふと口をついて出た、子供じみた質問に、大輔は何でもなさそうにさらりと答えた。

「覚えてるに決まってるだろ」

「本当に？」

「本当に」

翔子はふうん、と言っただけで話をやめにした。この三年間、自分の中で、大切に大切にあたため続けてきた場面だ。もし彼の記憶がぜんぜん違うものだったり、肝心なところを忘れてしまっていたり、ディテールが曖昧だったりしたら、心底がっかりしてしまうかもしれない。翔子の今までの人生で、映画のひとこまのような出来事があったとすれば、あの日以外には思いつかないから。

「あのときさ」

大輔が唐突に口を開いたので、翔子ははっと顔を上げた。

「あのカフェが閉まっててよかったよ。オープン当日にエスプレッソマシーンがこわれるなんて、あの店、最初からついてなかったんだよな」

あの日シティライフブックスの隣に開店したカフェは、もうとっくに別のドーナツショップになっている。機械の故障で開店時刻が遅れたために、朝いちばんに駆けつけた大輔は一時間半もの暇をつぶさなくてはならなくなったのだ。

「でなきゃ、おれ、本屋なんてめったに行かないから」

確かに、大輔が書店にしょっちゅう来ているような男性だったら、店頭のワゴンフェアの準備であわただしく出入りしていた翔子を呼び止めて、スポーツ新聞はどこに売っているかなんて尋ねるはずがない。申し訳ありません、スポーツ新聞はお取り扱いがありません。駅の売店か、コンビニエンスストアに行っていただけますか？　そう答えた翔子を前に、大輔は思わず吹き出して、そうですよね、ないですよね普通、と言ってまた笑った。

　それは、何とも不思議な笑顔だった。子供のように屈託がなく、それでいて経験豊富な大人のような落ち着きがあり、そのアンバランスさに見ているほうがドキドキさせられる、そんな種類の笑顔だった。翔子はなぜだかそのとき、この人の笑った顔を、もっとずっと見ていたい、そう思った。

　その日の午後、めずらしく早めにとれた休憩に出た翔子が、隣に出来た新しいカフェに入ってみると、ちょうど店内は満席だった。すぐにあきらめて外に出ようとした翔子は、思いがけず大声で自分の名前を呼ばれて振り返った。

　今井さん、今井、翔子さん、こっち、こっち。いちばん奥のテーブルで大輔が立ち上がって、満面の笑みで両手を大きく振っていた。体をいっぱいに伸ばして、まるで目の前の大きな窓ガラスを拭いているような動作がおかしくて、翔子は驚くより先に笑ってしまった。先ほどもう一度見たいと願った笑顔は、ふだんは人一倍ある翔子の慎重さや警戒心をふりほどき、彼の正面の席に座らせた。大輔の傍らには、スポーツ新聞の代わりに買ったらしいグルメ雑誌が数冊、そしてテーブルには食べかけのバゲットサンドの皿があった。

　そこへタイミングよく、バゲットサンドがもうひとつ運ばれてきた。

これ、うまいから追加で頼んだんだ、どうぞ、食べてみて。翔子は、まるで彼と待ちあわせしていた恋人のように、そのサンドイッチを口にした。でも、目の前で本当においしそうに食べている彼の笑顔に気をとられて、どんな味だったかはぜんぜん思い出せない。片や大輔は、ほかのことは忘れても、あの味だけはずっと覚えているのだろう。

「あの店のバゲット、ほんとにうまかったよな。でももったいないよ、日本はああいう店からつぶれていくんだから」

残念そうに言う大輔を見て、やっぱり、と翔子は小さくため息をついた。出会った日の初々しいときめきを再生しかけていた翔子は、急に三年分、年とったような気がした。何だか、あの出会った日がふたりにとって、最良の日だったような気がしてくる。いや、そんなことはない。あれから年月を重ねて、ふたりの間には、つきあいはじめたばかりの恋にはない、深い絆《きずな》や信頼、安らぎや真の愛情が育まれてきたはずだ。もちろん、代わりに失ったものもあるかもしれないけれど。

「しっかしさあ」

食事を終えた大輔は、大きなマグに入ったアメリカンコーヒーを飲み干した。

「まさかおれが、書店員の女の子とつきあうなんて思わなかったよ」

少し誇らしげに言って大輔は、パラシュート生地の斜めがけ鞄《かばん》からスポーツ新聞を出してぱらぱらと読みはじめた。翔子は氷の解けたアイスティーを縞模様《しまもよう》のストローでほんの少しずつのどに流し入れながら、答えた。

「わたしだって、ぜんぜん本を読まない人とつきあうなんて思わなかった」

本当に大輔は、まったくと言っていいほど本を読まない。毎日欠かさず読むのはスポーツ新聞の朝刊と夕刊だけで、通勤中はもっぱらiＰｏｄで音楽を聴き、文庫本を開くこともない。就寝前のベッドで本の世界に戻るのは翔子にしてみればごく普通のことだが、大輔は本を手にとる間もなく夢の世界に入っている。翔子は何度も大輔の読書の扉を開こうと、読んだ本の話をしたり、興味を持ちそうな本を貸したりしたが、完読できることは稀《まれ》で、いつの間にかその本の話題は消えていく。

そんなとき「本を読まないやつは信用するな」という父の言葉が頭をよぎる。父は「本が好きな人に悪い人はいない」と、翔子が子供の頃からよく言っていた。たとえ勉強をあまりしなくても「本さえ読んでいれば間違いない」と、いつも母の小言から翔子を守ってくれたものだった。何が間違いないのかわからないけど、何となく、わかるのだ。

だからか、学生の頃から翔子が好きになるのはいつも、本が好きな人だった。自分が読んで面白かった本を、その人も面白いと言ってくれると、もう両想いになったような気分になった。短大に入ってはじめてつきあった大学生も、本が好きな人だった。お互いの学校のちょうど間にある街に大きな書店があって、待ちあわせはいつもそこだった。相手があれこれ言い訳しながら三十分も遅刻してきても、書店なら平気だった。でも、その人は、翔子が卒業する前に、ほかの恋人をつくって去っていってしまった。「本を読むやつ」が信用できないこともある。そう、それだけが男の価値ではないことぐらい、自分はもうわかる年なのだと、派手な見出しの紙面を熱心に読んでいる大輔を見て、翔子はぼんやりと思った。

「翔子、チーフになったんだよな」

唐突な大輔の言葉に、翔子はただ、うなずいた。

「大変？」

「まだよくわからないけど……チーフになるとこんなに変わるんだ、とは思ってる」

翔子は当初、フロアチーフになったことで生まれる責任感やプレッシャー、そして仕事の幅が広がることへの喜びなど、内的な変化が大きいのではないかと思っていたが、現実には外的な仕事の変化がどっと押し寄せてきた。売り上げの管理や定例会議での報告、フロアの責任者としての仕事と同時に、店舗の責任者代理という立場での役割もついてくる。特に店長が出張や会議で不在のときは、店長に代わってさまざまな判断や指示をしなくてはならない。クレームの対処やＰＣのハード面のトラブル、何かと起こらない日はないアクシデントへの対応など、目まぐるしい忙しさに追われ、気づいたら二週間が過ぎていた。

「チーフになったとたんに、ほかのスタッフもアルバイトの子も、急に何から何まで頼ってくるの。わたしは何も変わっていないのに」

「ふうん。やっぱり、変わるんだな」

すると大輔は、興味津々《きょうみしんしん》なのを、無理に何でもなさそうに口を開いた。

「給料も、上がるんだろ？」

半ば予想していた質問だったが、今は答えたくなかった。翔子が何か別の話題を求めてまわりを見まわしていると、さらに大輔が聞いた。

「チーフになると、給料っていくらぐらい上がるの？」

昇給の額を、本人が気にするより先に、周囲が知りたがるのはなぜだろう。どんなにそれが聞きたくて仕方がなくても、遠まわしに徐々に近づいていかなくてはいけない種類の質問だ。もちろん、ふたりの親密さが通常の段取りを省かせているとわかっていても、やはり翔子はいくらか傷ついた。

「よく知らない」

もちろんチーフ手当の額は聞いていたが、増量された業務とずっしりと肩にのしかかった責任を思えば、うらやましがられる額ではないだろう。すると大輔がめずらしく、ふっとため息をついた。

「いいなあ」

大輔は少し遠い目をして言った。スポーツ新聞はもう読んでいなかった。

「大輔がいいなあって思うほどじゃないよ」

「そうじゃなくて」

「え？」

大輔は、翔子をまっすぐに見て、ぽつりと言った。

「変わりたいんだよ」

まるで彼の座っている側だけ空気が薄くなっているみたいに、少し苦しそうだった。

「大輔だって、変わるじゃない」

来週から、大輔はファミリーレストランの系列会社の社員になって、料理長として働くことが決まっていた。

「ああ。でもそれは、翔子がチーフになるのとは、違うから」

大輔はきっぱりと言った。

「翔子はえらいな。ちゃんと、前に進んでるもんな」

「えらくなんかないよ」

翔子は大輔の決断について、もう何も言わなかった。大輔がシェフになる夢をあきらめるとしても貫くにしても、それは彼自身が決めることなのだ、そう心に強く言い聞かせていた。

「おれなんか、ぜんぜん前に進んでない……だけじゃなく、反対方向に向かって歩いてるのかも」

翔子はそのとき、大輔が進んでいく道を、すっかり一緒に歩いていくつもりになっていた自分に気づいた。彼の夢が叶《かな》うにしろ叶わないにしろ、そのとき隣にいるのが自分かどうかなんて、まだぜんぜんわからないのに。

「これからどこに行く？」

平日休みの夕方、定時に帰るサラリーマンが駅への道を歩き出す頃だった。

「大輔は？　行きたいところ、ある？」

「翔子の行きたいところ、どこでも」

やさしい大輔の言葉に翔子は、今日は思いきり甘えていようと思った。そして、願った。どちらからも、明日の朝が早いからもう帰らなくちゃ、なんて絶対に言い出さないように。

五月の二階メインフェアは、山崎の意向で《今こそ本で読みたいケータイ小説》に決まった。今までに数えきれないほどのフェアを手がけてきた翔子も、今回は心持ちがまるで違う。

「さっそく、今井さんの腕の見せどころですよ。われわれの世代にはもう、理解できないジャンルだから」

山崎はフェアの準備を翔子に一任して、あとは一切口を出さなかった。もっと神経質に部下のすることなすことといちいち口を出すタイプなのかと覚悟していた翔子は、ちょっと拍子抜けした。ほっとする反面、このフェアの全責任が自分にあることを念押しされているようで、背筋がしゃんと伸びるような思いだった。

まず、過去のデータからケータイ小説の売り上げベストテンを抽出し、フェア用の書籍をピックアップした。翔子はあらためて、この一年で出版されたケータイ小説の数に驚かされた。開催期間中の売り上げ予想を立て、初回発注数を決め、各版元に注文する。フェア開始日までにすべての書籍を揃《そろ》え、アイディアを練り、パネルやポップを作成する作業は、いつもちょっとした学園祭の準備のような気分だ。

「《今こそ本で読みたいケータイ小説》か……何か、このフェアタイトル、硬くない？」

事務室に置いてあった作りかけのパネルを見て、秋元亮《あきもととおる》が言った。

「秋元さん、いらしてたんですか」

束《つか》の間《ま》の休憩中も、機関紙のフェア情報の原稿を書いていた翔子が立ち上がろうとすると、秋元は、そのまま続けて、という手振りで、ピエール・エルメの紙袋をぶらぶらと提げながら入ってきた。

「これ、皆さんで」

「いつもありがとうございます。ここのマカロン、おいしいんですよね」

「そう？　俺は食ったことないけど」

秋元は、瑞穂と同じ洋文出版の編集者で、多くのベストセラーを手がけている。編集者にはめずらしく、担当した単行本が出るたびに、主な書店を挨拶に訪れる。新刊の挨拶がなくても、秋元がひとりで棚の前に立ってじっと本の並びを見ていたり、ほかの版元から出た話題の新刊本をぱらぱらと立ち読みしていたり、若者向けのファッション誌を丹念に調べたりしているのをよく見かける。そんなときは声をかけずにいることが多いが、仕事のための市場調査というよりは、合間の息抜きのように見える。きっと秋元は書店という場所が好きなのだろうと翔子は思う。

「たまには来ないと。うちの本、目立つところに置いてくれないからさ」

「そんなことないですよ」

でも実は、秋元の言うこともあながち外れてはいなかった。すらりと背が高く、ノーネクタイでスーツを着こなす彫りの深い顔立ちは、女子書店員からの人気も高く、彼の手がけた本を目立つところにこっそり置き換えるアルバイトもいるほどだった。それでなくても書店員にとって、実際本をつくっている編集者は永遠の憧れの対象に違いなく、書店に顔を出してくれるのは本当にうれしいことだった。

「あの、ご挨拶が遅れましたけど」

翔子は肩書きの変わった名刺を一枚取り出して、両手で秋元に差し出した。

「ああ、チーフになったんだってね。瑞穂姉《ねえ》から聞いた。それで、初仕事があれ？」

秋元は名刺を無造作に上着のポケットにしまい、先ほどのパネルを指して言った。

「はい。店長の企画なんですけど、わたしがまかされていて」

秋元は翔子のデスクに置いてあったフェアのためのポップや売り上げ資料、段ボールに積まれたケータイ小説などを一瞥《いちべつ》して、何度かうなずいた。

「ふうん。ま、さすがお利口さんに基本は押さえてるって感じだけど」

秋元は口をへの字に曲げたあと、にやっと笑って翔子を見た。

「翔子の仕事にしちゃあ、愛がないね」

秋元のストレートな指摘に、翔子はぎくっとした。

「翔子の読書は若いのに正統派だからね。ほんとはこんなフェアやりたくないって思ってるんじゃない？」

「そんなこと……」

翔子は反論しようとしたが、言葉にする前にあきらめた。秋元の言ったことは図星だった。翔子が黙ると、秋元はさらに面白そうに追い討ちをかける。

「こんな横書きの、スカスカの、ヤンキーが書いたメモ書きみたいなもん読めるかって思ってるんでしょ。ねえ、ねえ」

秋元が翔子を挑発しようとしてわざとひどいことを言っているのがわかって、今度はきちんと否定した。

「思ってませんよ、そんなこと」

「そこまでは思ってないか。じゃ、俺よりいいじゃん」

そう言って秋元はまたにやっと笑った。ちょっとやさぐれたシニカルな表情は魅力的だが、いつも物ごとの本質を見据えているような目の光は鋭い。もし彼が上司だったら相当怖い存在だろう。

「でも、悲しいかな、売れるんだよ、これが」

秋元は段ボールのいちばん上にあったケータイ小説の一冊を手にとりながら、言った。秋元の持っている本は、すでに映画化され八〇万部のベストセラーになっていて、続編の出版が決まっている。

「そのうち、ケータイ小説出身の芥川賞作家や直木賞作家が出てくるさ。そうなったらもう何言ったって無駄」

秋元のいる版元は、数年前からはじまったケータイ小説の書籍化ブームに乗りきれなかった。まったく手を出さないというわけではなかったが、明らかに力は入れていなかった。出遅れたという見方もあるが、翔子にはそれが編集部の、特に秋元のポリシーであるようにも感じた。

「だからね、悲しくても俺は現実を見るよ。売れるものには、かならずその時代を象徴する輝きがあるもんだ」

翔子は秋元の言葉に聞き入った。もっともっと聞きたかった。秋元が今話していることが、チーフとして翔子に決定的に欠けていることなのだと直感した。他店舗の監査のために外出している山崎がもうしばらく帰ってこなければいいと思った。

「その輝きに、人は吸い寄せられてくる。それがどんなにダークなエネルギーだったとしても、俺たちは受け入れるしかないんだ」

「受け入れる……」

「そう、受け入れるの。心を広く広くしてね。そうすると、こっから先は見ないって、目を背けていたときには見えなかった何かが見えてくる」

そのとき、勢いよくドアが開いた。

「ああ、やっぱり秋元さんだ。お疲れ様でーす」

麻奈実はどうやら一階で秋元の姿を見かけて、あわてて休憩を合わせたようだった。

「どうも。うちの渋谷特集、どう?」

「売れてますよお、今、追加発注出そうかなって」

麻奈実は以前、秋元が独身かどうかしきりに気にして、何とか聞き出そうと根掘り葉掘り尋ねていたが、結局うまくはぐらかされてわからずじまいだった。最近、公私の境が曖昧な男性が増えて、みんなびっくりするほどあっさりと妻や恋人の話をするなかで、秋元はプライベートのことは一切口にしない、昔ながらの日本人男性だと翔子は思った。

「マカロン、いただいたの」

翔子は傍らに置いたままになっていたひんやりした紙袋をちょっと持ち上げて見せた。

「わあっ、ピエール・エルメ。さすが、秋元さんて、女心をわかってますよねえ」

「やめてくれる？　人をバカみたいに言うの」

「バカみたいになんて言ってませんよお」

秋元はまた翔子を見てにやっと笑って、面倒くさそうに口を開いた。

「まあ、がんばってよ。でさあ、無理にはすすめないけど、うちから出てるのもよさそうなのがあったらまぜといて。よろしく」

それだけ言って、翔子に礼の言葉もはさませないまま、秋元は出ていった。

「かっこいいよねえ、秋元さん」

麻奈実はドアが閉まるやいなやうっとりと言った。

「翔子、仲よくていいなあ」

「仲いい？」

「うん、仲いい。翔子といると、秋元さん、笑顔が多いもん」

「そんなことないでしょ」

「そんなことあるって」

「何かいつも、からかわれているような感じだけど」

「それがいいの」

麻奈実はさっそくマカロンの箱を開けて、色とりどりの菓子の中からローズ色のを選んでそっと取り出した。

「翔子は？　どれにする？」

「わたしはいいよ、どれでも」

差し出された箱の中から、翔子は最初に目についたピスタチオグリーンのマカロンを選んで、麻奈実がとってくれた紙ナプキンの上に載せた。

「翔子って、面白い」

「え？」

「どれでもいい、何でもいいって言いながら、ほんとはしっかり決めてるの。いつもそうじゃない？　ランチでも、買い物でも、映画でも」

麻奈実に言われてみれば、思い当たるような気もした。大抵のことは本当にどれでもいいと思うのだが、あえて選択を迫られるのなら迷いはしない。翔子にはそういうところがあるかもしれなかった。

「言われてみればそうかも……でもいやだね、そんな人」

苦笑する翔子に、麻奈実は笑ってつけ加えた。

「いやだとかじゃなくて、それが翔子のキャラだもん。男選びも、そうだったりして？うそ、うそ」

麻奈実の言った冗談が、舌の上であっという間に溶けていく甘い菓子のように翔子の心に広がった。恋する相手が誰でもいいはずがない、けれど今まで、自分から熱烈に欲し、自分の力でつかみとるように手に入れた恋があっただろうか。先ほどの秋元の言葉が頭から離れなかった。受け入れる。心を広く広くして、受け入れる。翔子はそっと、もろくはかない焼き菓子に歯を当てた。

玄関のドアを開けると、やや湿気のこもった空気が翔子を迎えた。脱いだ靴をきちんと揃える間も惜しんで、突き当たりのベランダのサッシを急いで開け放した。機密性が高く、風通しがいいとは言えないこの部屋では、四月の今頃から除湿対策を考えなくてはならない。翔子が生まれ育った実家は木造で、掃除好きの母のこだわりでそこここに掃き出し窓があり、湿気とは無縁の生活だった。冬は隙間風に寒い思いをすることもあったが、春から夏にかけてはいつもさわやかな風が吹き抜けていた。

あわただしく出かけていったままの部屋は、とてもきれいとは言いがたかった。マグカップや読みかけの新聞、トーストのパンくずが残った皿などがテーブルに置きっぱなしになっている。可動式のクローゼットで仕切られた目隠し越しに見えるベッドの上には、今朝、着ようとして着なかったジャケットが放り出してあった。いつも出がけに何かとバタバタしてあわてて出かけていく癖を直したいとずっと思っているのに、特に早番の日はこんな無様な光景を見せつけられることが多い。自分のだらしなさに嫌気がさしながらも、その気持ちの中にほんの少し、ひとり暮らしである気楽さを実感する喜びも混じっていた。散らかったものを片づけ、部屋の体裁を整えた翔子は、ベッドに寝転んで思いきり四肢を伸ばした。一日中、ほとんど立ちっぱなしだった足はかちかちにこわばっていて、どこを指で押しても気持ちがいい。一日の疲れを癒しながら、翔子はいちばん奥の壁に目をやった。

翔子がこの部屋に住むことを決めたのは、この西側の壁一面に奥行き一五センチほどの棚が造りつけられていたからだ。まるで、白い壁全体を障子に見立てたかのように、白木の板が縦横に組みあわされ、いくつもの四角に仕切っている。隣室との防音対策のための工夫らしいが、内見で入った翔子はひと目でこの棚を気に入ってしまった。

結局、「今度住む部屋こそ、バストイレ別に」とか「せまくてもいいからベッドルームだけは独立した部屋を」とか「駅から近くて通勤に便利な場所で」など、あれこれ思い描いていた新居の条件をすべてくつがえし、「駅から徒歩十五分、ユニットバスつきワンルーム」に即決してしまったのだ。翔子が不動産屋に念入りに確認したことといえば、床から天井まで七段もあるこの棚が、本を並べてもこわれないだけの強度があるのかどうかということだけだった。

書店員のなかには、仕事場であれだけ本に囲まれているのだから自宅には本棚を置きたくないと、本を戸棚や押入れの中に収納する人もいると聞くが、翔子はその考えにはまったく賛同できない。翔子は家の中でもやっぱり、本を眺めて暮らしたい。本を見えないところに収納すれば、いつの間にかつまらない意味のないものになってしまう、そんな気がしていた。けれど翔子の経済力に見合った賃貸住宅に立派な本棚を置くスペースなどあるはずがなく、日々本が増え続ける翔子にとって、この格子棚は理想の設備だったのだ。これまで収納場所からあふれ出して床に積み上げていた本が、この棚にゆとりを持ってきれいに並べられると思うとわくわくして、引っ越しが待ち遠しくて仕方なかったくらいだ。

ひとしきり体のあちこちをマッサージしてから、翔子は帰りにスーパーマーケットで買ってきた肉や野菜で、フライパンひとつで出来る簡単な夕食を作り、缶ビールを開けてグラスに注ぎ、ベッドとローテーブルの間に置いたフロアクッションに座った。大輔が週に何度もこの部屋を訪れていた頃は、ひとりの時間が貴重なものにも思えたが、最近はこんな夜が増えた。さすがに少しもの寂しく、ふだんあまり見ないテレビでもつけようかと思ったとき、玄関のブザーが鳴った。大輔かもしれない。急にシフトが変更になったのかもしれない。そう思った瞬間、疲れきった足は跳ねるようにドアに向かった。

「わあ、翔子ちゃん、えらーい。ひとりでもちゃんと作って食べるんだ」

亜耶《あや》は、部屋に入るなり、甲高い声で言った。あまりに見当違いな期待を持ったことが気恥ずかしく、翔子はわざと明るく言った。

「ひとりだからって、週に何回もコンビニ弁当食べるわけにいかないでしょ」

「週に何回もひとりなの？　アヤがもっと遊びに来てあげようか？」

《ROCK LOVES ME.》という文字が胸にでかでかと入った派手なビタミンカラーのTシャツにデニムのミニスカートをはいた亜耶は、一六〇センチの翔子よりもいくらか背が低い。でも、玄関に脱いだウェスタンブーツは翔子の靴よりサイズが大きい。

「ビールは？」

「いただきまーす」

翔子が亜耶の分の缶ビールを冷蔵庫から取り出して缶のまま手渡すと、亜耶は勝手に流しの上の戸棚からマグカップを選んでビールを注ぎ入れた。いつか、大輔と一緒に寄った雑貨店で見つけ、赤と青の色違いで揃えた、青いほうのカップだった。

「どうしてグラスに注《つ》がないの？」

「何か、こっちのほうがお洒落じゃない？」

そう言って亜耶はビールを飲みかけてから、小さく、あ、と言って、マグカップからあわてて唇を離した。

「ごめん。これ、もしかしてペアのマグカップだった？」

「いいよ、別に」

亜耶の勘のよさに苦笑いしながら、翔子はキッチンからつまみになりそうなものをいくつか見つくろってテーブルに運んだ。すると亜耶は何を思ったか、戸棚に戻って赤いほうのカップも持ってきて、グラスに入っていた翔子のビールをそれに注ぎ直した。

「これでいいよね？」

翔子は心の中で、そういうことじゃないんだけどな、と思いながら、言葉にはしなかった。フロアのなかでいちばん若い女性アルバイトと話しているときによくある感覚だった。その子もとても勘がよくて、いろいろなことによく気づいてくれるのだが、その結果出してくる答えの的がわずかだが確実に外れている。この微妙な思考のずれを当人に説明するのは至難の業なのだ。彼女たちと自分はほんの五歳ぐらいしか違わないはずなのに、その間には薄くても決して疎通できない壁があるようだった。

「むずかしそうな本ばっかり。これ、全部読んだの？」

大輔がこの部屋に来て、いちばん最初に口にしたのと同じ質問だった。ふだん本を読まない人にかぎって、本棚にある本を持ち主が全部読んだかどうかを真っ先に気にする。

「全部じゃないよ。三分の一ぐらいは、まだ読んでないんじゃないかな」

それを聞いて、亜耶は安心したようににっこりした。ここのちょうど真下にあたる亜耶の部屋にも、まったく同じ棚がしつらえてあるが、そこには一冊も本は並んでいない。その代わりに、ピンクのラインストーンでデコレーションしたフォトフレームや小物入れ、ガラスのウサギの置物や香水瓶、ハワイや南国のお土産らしい置物、ふわふわの羽根や造花などがディスプレイされている。実用的なものといえば、CDとDVDが何枚か、申し訳程度にあるだけだった。音楽や映像も、彼女にとってはコレクションするものではなく、借りたりダウンロードしたりするものなのだ。

榊原《さかきばら》亜耶は、翔子の母の、妹の娘、つまり翔子のいとこで、今年二十一歳になる。地元の高校を卒業して、進学も就職もせずぶらぶら過ごしていたらしいが、この春から、東京のフードコーディネータースクールに通いはじめた。東京行きに大反対だった亜耶の両親は、翔子の部屋のすぐ近くに住むなら、という条件つきでしぶしぶ承知した。近所に手頃な物件がないか、不動産業者に尋ねたところ、近所どころか、同じ建物の下の階に空きが出たのだ。翔子にとっては運がいいのか悪いのか、亜耶は引っ越してくるなり自分の部屋の片づけもそっちのけで翔子の部屋でくつろぎ、それからもたびたび、気が向くとこうして突然遊びにやってくる。もちろん、同郷の親戚がそばにいるのは心強かったが、亜耶のマイペースに巻き込まれる面倒さのほうが大きかった。けれど母からも、亜耶のことをよろしくときつく頼まれているので、むげに追い返すわけにもいかない。

「あ、アヤこれ読んだことある」

「え？」

うちの本棚に彼女が読んだことのある本があるだろうか、と意外に感じて振り返ると、亜耶はテーブルの脇に無造作に置かれていた本を指していた。

「ああ、それはこれから仕事で読まなきゃいけない本なの。亜耶ちゃん読んだの？　その本」

「本、じゃなくて、ケータイでね」

翔子が社販で買って持ち帰ってきた十数冊のケータイ小説を、亜耶はめずらしく興味がある様子で次々と手にとった。責任を持ってフェアをやるからには苦手分野を勉強しなくては、と主だったケータイ小説をランダムに選び、とにかく読んでみようと思ったのだ。

「わあ、これ、かわいいー」

亜耶は、黒い地に花火のモチーフが淡く散ったカバーを、まるで気に入りのTシャツを見つけたような様子でなでている。亜耶のような世代に読んでほしければ、彼女たちが思わず手を伸ばしたくなるような可愛らしい装丁にする必要があるだろう。

「あ、これ知ってる？　超ヤバいんだよ」

亜耶は何冊目かの本のページをぱらぱらとめくりながら、言った。「ヤバい」という言葉が、面白い、素晴らしい、おいしい、などのいい意味で使われるようになったのは、翔子の世代を境とした下の世代からだろう。

「アヤの友達の友達の、バイト仲間のお姉ちゃんがこの本のモデルになったんだって。ヤバくない？」

それは映画化も決まって、今かなりの勢いで売れている純愛・難病ものの小説だった。

「友達の友達の、バイト仲間のお姉ちゃん」なんて、きっとどこにも実在しないのだろう。それよりも翔子はこのなかに亜耶が読んだ作品が複数あったことに驚いていた。少なくとも翔子のまわりでこのジャンルを読む人はひとりもいない、でも売れるということは、まわりにいない人全員が読んでいるのかもしれないなどと考えていたのに、こんな近くに読者がいたなんて。

「どういうところが面白いの？」

さり気なく、翔子が聞くと、亜耶は目にかかりそうに長い前髪を指で梳《す》きながら、首をかしげた。

「どういうところが……って、どういう意味？」

「ええと、いつも亜耶ちゃんがむずかしそうっていう、ああいう本と、どこが違うの？」

翔子は本棚を指して言った。すると、亜耶はああ、そう言ってくれればわかるよ、といった顔で答えた。

「ああいう本はさ、読んでも、ただ字が並んでいるだけに見えるの。でもこっちは字を目で追ってると、ばーって絵が浮かんでくる。自分もそこにいる感じ。友達とメールしてるみたいな」

そこまで言ったとき、亜耶の携帯電話が短く鳴った。亜耶はまるで早送り再生した映像のように、目にも止まらぬような速い親指の動きでメールを返信した。手紙は書いたこともないが、メールなら一日に何十通も書く。作文や感想文はお手上げだが、ブログならまめに更新できる。そんな女の子たちに門戸を開いているのがケータイ小説なのか。ケータイ小説が開いた道を、次の段階につなげていくことが書店の役目なのかもしれない。翔子はそう思った。

「本屋さんに勤めてると、本が安く買えるの？」

メールを打つ手も止めずに、亜耶はどうでもよさそうに聞いた。

「うん、一割引でね」

「一割引だけ？　マルキューとかだと、社員は三割引とか、半額のときもあるって」

亜耶は、まるで自分がものすごい損をしたかのように、真剣な表情で言った。

「別に、本が安く買えるから書店員になったわけじゃないし」

「じゃあ、どうして書店員になったの？」

亜耶のシンプルな質問に、翔子は何と答えたらいいか、考えた。短大時代、書店員のアルバイト募集に応募したのがきっかけだった。大好きな本に一日中囲まれていられること、ぴかぴかの新刊をいち早く手にとって見られる喜び、欲しい本を探してやってくる客たちの対応をするのも楽しかった。まわりでは四大に編入する女子も多かったが、翔子は迷わず大手書店への就職を決めた。

「本が好きだから、かな」

結局、翔子はごく簡単に答えた。そのほうが伝わりやすいかと思ったのだが、亜耶はいまひとつ納得いかない様子で、エクステンションをつけたばかりの睫毛《まつげ》をぱちぱちさせた。

「ふうん……書店員って給料いいの？」

「いいってほどじゃないと思うけど……普通かな」

これから社会に出ていく亜耶に、現実的な金額をくわしく伝えるのはためらわれ、翔子は曖昧に答えた。

「それで、けっこう忙しいんでしょ？」

「どうかな。もっと忙しい仕事もいっぱいあるし」

「重い本、運んだり？」

「まあね」

「一日中立ちっぱなしで？」

「まあ、ほとんどね」

「ふうん……」

亜耶は、マグカップの中のビールを飲み干してから、あっけらかんと言った。

「アヤにはわかんないなあ。翔子ちゃんがなんで、高収入でもないのに毎日毎日そんなきつい仕事ができるのか」

亜耶に言われて、翔子ははっとした。ついこの間、中年の女性客にも同じことを言われたのだ。あなた、えらいわね、本屋さんの仕事はけっこう重労働でしょう？　それで、お給料だって、たいしてよくないんでしょう？　大変ねえ、早くお嫁にいけるといいわねえ。以前は、書店員という職業を聞いてまず「知的でいいお仕事ですね」と言われることが多かった。そこにはどちらかといえば敬意が含まれていたはずだ。翔子が書店員になってたった六年しか経《た》っていないのに、この六年でいったい何が変わったのだろうか。

「翔子ちゃんは、幸せになりたくないの？」

「え？」

幸せになりたくない人なんていないだろう、と思ったが、翔子は黙って亜耶の次の言葉を待った。

「だって、彼氏もお金持ちじゃないんでしょ？」

以前、彼氏が何をしている人かと聞かれ、ファミレスでアルバイトをしていると答えたのを覚えているのだ。なかなか機会がなく、まだ大輔を亜耶に会わせたことはなかった。職場でも、亜耶ぐらいの年頃のアルバイトを相手にすることが多い大輔は、きっとうまく亜耶のペースに合わせられるだろう。

「ふたりともお金なかったら、何にもできないじゃない」

亜耶の身も蓋《ふた》もない言いかたに、翔子は少し気分を悪くしたが、それは今しがた、大輔と亜耶が楽しそうに談笑する場面を想像してしまったせいかもしれない。

「別に、お金のために仕事しているわけじゃないもの、わたしも、彼も」

「でもね、幸せの九九パーセントはお金で買えるんだって」

伝聞にしてはあまりに確信に満ちた物言いに、翔子は亜耶の顔をじっと見て言った。

「誰が言ったの、そんなこと」

「本に書いてあった」

よりにもよって、ひと月に一冊も読まないような人が、そんなろくでもないことが書いてある本に当たるなんて。翔子は余計腹が立った。

「そんなことないよ。だって、人の気持ちは……」

「買えるんだよ」

人の気持ちはお金で買えない。そんな当たり前の言葉を途中で遮られて、翔子はたじろいだ。

「だって、ぜんぜん好みじゃないオヤジだって、お金持ちなら別モノになるわけでしょ。それって、人の気持ちをお金で買えるってことにならない？」

亜耶は急に大人になったように、冷めた表情で言った。

「こないだクラブでナンパしてきたスーツ着た男の人が、アヤに何て言ったと思う？」

もう、翔子は考える気力もなくして、力なく首を横に振った。

「家賃、払ってあげようかって」

これが、今最も効果的な口説き文句だとしたら、何と悲しいことだろう、と翔子は思った。若い女の子が住んでいる部屋の家賃などせいぜい十万ぐらいのものだから、あれこれ面倒なデートにお金をかけるぐらいなら、いっそ家賃を負担したほうがお互いのためだとでもいうのか。そんな関係も恋愛の一種だというのなら、翔子はもう恋愛などしなくてもいい。

「アヤはお父さんが払ってくれてるからいいけど、翔子ちゃんみたいに、自分で働いて家賃払ってたとしたら……ちょっとぐらっときちゃうかも」

ぺろっとピンク色の舌を出してみせる亜耶には、悪びれたところなど一切ない。同年代の女の子に比べて並外れて愚かなわけでも、常識知らずなわけでも、愛情に飢えているわけでもない。亜耶はどこにでもいる、普通の女の子に違いないのだ。

「家賃払ってくれて、その人が幸せにしてくれるなら、まあ、それもアリかなって」

「違うよ。幸せって、そんなものじゃない、幸せはもっと、こう……」

翔子が言いかけたとき、亜耶はまた短く鳴った携帯メールに早まわしのような返信をしているところだった。幸せって、いったい何だろう。翔子は傍らの薄い単行本に手を伸ばし、亜耶が引き込まれたという世界のページをそっと開いてみた。

# 第三章

「まず、お手元の鏡で、自分の顔を正面からよく見てください」

半地下のスタジオには、わずかに午後の陽光が差し込んでいた。四角い板張りの多目的スタジオは、一方の壁が全面鏡張りになっていて、あとの三方には白い防音ボードが張られている。翔子は、小学生のとき二年ほど通っていた小さなバレエ教室の稽古場を思い出す。本当はもう少し続けたかったのに、先生が高齢になったため、閉校してしまった。都心なら別の教室に移ることもできただろうが、田舎では通える距離にもうひとつバレエ教室などなかった。

「今、皆さんが見ているのはご存じのとおり、今、現在の顔ですね」

レッスンがはじまる前に手渡された手鏡には、見慣れた顔が映っている。さほど大きくない目、太くはないけれど、よく意志が強そうと言われるしっかりとした眉、高くもなく低くもない鼻、地味な目鼻立ちのわりにはふっくらした唇。そして、丸みを帯びた広めの額。小さい頃から母に「女の子の幸せはおでこから入ってくる」と言われて育ったせいか、額を隠す髪形にはいまだに抵抗がある。仕事柄、髪を後ろできゅっと引っ詰めていることが多いため、どんなヘアスタイルが流行っても翔子の髪はいつもシンプルなワンレングスだ。

「では次に、鏡を真上に持って、天井のほうを見上げてください」

翔子とひかりを合わせて一〇名ほどの生徒の前に、ヨガ講師の女性は、大きな目と尖《とが》ったあごで、これ以上くっきりとは笑えないというくらい鮮やかな笑顔を見せた。右手で手鏡を高く差し上げ、下から鏡の中を見上げると、やわらかな日差しと蛍光灯の白い光がちょうどよく混ざりあい、レフ板の役割を果たしたかのように、見慣れた自分の顔がいつもより一段明るく、ふわっと輝いて見える。いつもこんな顔だったら、もう少し鏡を見るのが楽しくなるかもしれないと思ったとき、講師が言った。

「実はこれ、皆さんの、十年前の顔なんです」

隣にいたひかりが、あっ、と小さく声をあげた。

「ほんとだ……これ、あたしの昔の顔だ！」

ひかりの言葉に、ほかの女性たちもちょっと笑いながらうなずきあった。確かに、上を向いた顔はフェイスラインがひとまわりすっきりとし、顔の輪郭が自然に下に引っ張られて若々しく映る。でも翔子は十六歳だったときの自分がこんな顔をしていたのかどうか、よく覚えていない。高校生だった自分は、今よりも傷つきやすく、今よりも本に没頭し、今よりも純粋に恋をしていた。もちろん、熱烈な片想《かたおも》いも恋のひとつだと分類するとすればの話だが。

「では次に、鏡を自分の胸の前で、床と平行に置いて見てください」

言われたとおりに、胸の前で支えた鏡を覗《のぞ》き込んだとたん、生徒たちの間から失意のため息のようなものが広がった。それはたった今見た顔とあまりに違っていた。下を向いたその顔は、頰の肉が重力に負けてだらっとたるみ、うっすらとあった目の下のクマは深く影をつくり、ふだんはないはずのほうれい線や口のまわりのしわが浮き出ている。目はいくらか落ちくぼんで、小さくなったように見えた。

「うわ……今度の顔は最悪！」

ひかりが率直な感想を口に出すと、またほかの生徒たちも一様にうなずきあった。すると講師はひかりのほうにくっきりと笑いかけて、言った。

「最悪、って言ってもね……これが十年後のあなたの顔なのよ」

「ひぇー」

ひかりが変な声を出したので、講師も、ほかの生徒も、翔子も、一斉に笑った。翔子はもう一度、まじまじと鏡の中の、十年後の自分の顔を見た。ここにいる、いくぶん老けた三十六歳の翔子は、何をしているのだろうか。頰がたるみはじめ、肌は一段くすみ、クマやしわが居座るようになってもまだ、書店員の仕事をしているのだろうか。そして家に帰ると、誰かが迎えてくれるのだろうか。

「日本人は、顔の筋肉を二〇パーセントしか使っていないと言います。表情筋も、体の筋肉と同じように使わなければどんどん衰えていく。十年後、この顔になりたくなかったら、今日から顔の筋肉を鍛えましょう」

「先生、あたし、今からでも間にあいますか？」

ひかりが授業中の小学生のように手を上げて質問すると、講師は深くうなずき、穏やかな口調で答えた。

「年齢に関係なく、筋肉は鍛えれば鍛えただけ、弾力を取り戻すことができる。もう間にあわない、なんてないんですよ」

力強い言葉が、そこにいる全員に勇気を与えた。ひかりが特に注目していたというフェイスヨガの体験レッスンには、翔子たちと同年代くらいのOLを中心に、三十代の洗練されたキャリアウーマンタイプやモデル風の女子高生、シェイプアップされた体を持つ自称健康オタク、ダイエットに興味のあるふくよかな主婦、富裕層のマダムや会社経営者など、さまざまな年代、環境の女性たちが集まっていたが、皆、若く美しくありたいという気持ちは同じなのだ。

「はい、では顔のエクササイズに入ります。まずはウォーミングアップから。顔の中心にすべてのパーツをぎゅっと集めて……はい、今度は目と口を思いっきり開ける。はい！」

顔をくちゃくちゃにして、次の瞬間ぱっと開放すると、薄い皮膚の下にある筋肉が刺激されて、じんわりと血液の流れがよくなるようだ。講師の女性は美しい彫刻のような体で次々とヨガのポーズをしながら、さまざまな表情をつくる。ムンクの「叫び」のように顔を上下に伸ばしきった表情。アッカンベーをするように舌を付け根まで出しきった顔。恋人にキスをせがむように、目を閉じて唇を突き出すポーズ。フグのように頬をふくらませ、右左交互に空気を移動させる運動。そのあまりに大胆な表情に、恥ずかしさが先に立ってためらっていた翔子に気づいて、講師はそっとささやいた。

「大丈夫。みんな、人のことなんか見ていない。自分の顔しか見ていないから」

そう言って、講師は翔子に完璧なウインクをしてみせた。顔の筋肉が自由自在に扱えると、ほかの部分をどこもゆがませないで片目をつぶることができるのかと、翔子は感心しながら辺りを見まわした。ひかりも、マダムも、社長も、OLたちも、みんな大真面目に〝ムンク〟や〝チュー〟や〝フグ〟に挑戦していて、ものすごい形相になっている。ひと目で吹き出してしまいそうな光景だが、誰もくすくす笑ったり、照れたり、恥ずかしがったりしていない。誰も他人のことなど、かまってはいられないのだ。

「はい、ライオンのポーズで、息を吐きながら、アッカンベー！」

翔子も思いきって舌をべろんと出して目線を上に向けながら、息をはあっと吐き出してみる。もっと、もっと、まだ肺の奥に空気が残っている、もっと、もっと、もっと。もう限界、と思うところまで息を吐ききったとき、舌の根の筋肉がびりびりするほどの刺激を感じた。ポーズを終えると、体中にたまっていた悪いものが外に出ていったような気がした。

「では最後に……皆さん、目を閉じて、なりたい自分を想像してみてください」

安座で合掌をしたまま、講師はゆっくりと言った。なりたい、自分。いったい自分は、どんな自分になりたいのだろう。

「なりたい自分を、できるだけ具体的に想像する。それができればもう半分達成されたようなものです」

オレンジ色に揺れるまぶたの裏側をいくら凝視しても、どんな姿も浮かんでこなかった。自分以外の人は、そんなに明確に「なりたい自分」を持っているものなのか。翔子は薄目を開けて、そっと隣のひかりに目をやった。ひかりは、静かに目を閉じて、理想の自分になりきっているように見えた。

「あたし、先生みたいな体の自分になりたい」

一時間の体験レッスンを終えて、ヨガマットの上でミネラルウォーターを飲みながら、ひかりがつぶやいた。

「しぼるとこ、ぎゅっとしぼれてて、出るとこはちゃんと出てて。さっきも、先生の体に自分の顔がついているところを想像したの」

ひかりは昔からいくら食べても太らない体質で、同級生たちにうらやましがられていたが、自分では筋肉も脂肪もない「きしめんのような」メリハリのない体が大嫌いなのだ。翔子から見ると、どんな服でもファッショナブルに着こなせるひかりの体形はとっても素敵なのに。

「でも、ぱっと目を開けて鏡見たら、現実とのギャップにがっくりよ。理想の自分にはほど遠い」

すると、生徒たちに貸し出したヨガマットを整理していた講師が、翔子とひかりのほうに微笑《ほほえ》みかけた。

「なりたい自分を想像して、あなたが落ち込んでしまったなら、私の教え方が悪かったわ」

翔子とひかりは、彼女の意外な言葉に顔を見合わせた。そしてあわてて自分たちの使ったヨガマットを持って、講師のほうに歩み寄った。講師はふたりに、ありがとうと言ってマットを受けとってから、続けた。

「なりたい自分とか、理想の暮らしとかっていうのは、思い浮かべてわくわくしたり、やる気になったりするためにあるのよ」

アメリカやカナダで育ち、小学生の頃からヨガをしていたという講師は、英語が巧みな人独特のイントネーションで話した。

「今の自分と比べて落ち込むなんてナンセンス。だって、それじゃ何の意味もないもの」

「そうですよね……ほんと、先生の言うとおり！」

　ひかりの顔がぱっと明るくなった。理想と現実がどんなにかけ離れていたって、落ち込むことはない。一歩ずつ、そこに近づいていく過程こそが大切なのだから。その理論は翔子にもよくわかった。ただ、翔子の中に、どうしても浄化しきれない疑問が残る。そもそも、人が生きていくということは、なりたい自分に向かって進んでいくことなのだろうか。

「わたしは……どうなんだろう」

　レッスンを終えて、スタジオのあるビルの一階にある自然食レストランでオーガニックコーヒーを飲みながら、翔子はつぶやいた。

「なりたい自分って言われても、何も思い浮かばないの。それってどういうこと？」

　ひかりは一瞬、翔子にしてはめずらしいことを言い出したなという顔をしたが、しばらく考えてから言った。

「それはきっと、今、翔子がとても幸せで、満たされてるからじゃない？」

「そんなこともないと思うけど……」

「でもとりあえず、今の自分に満足してるってことじゃないの」

　決して、今の自分に満足しているわけではない、と翔子は思った。もっと部屋をきれいに片づけられるようになりたいし、もっとおいしい料理が作れるようになりたいし、もっとお洒落《しゃれ》になりたいし、フロアの皆をしっかりまとめられる優秀なチーフになりたい。大輔と、もっと会いたいし、もっと仲よくなりたい。でも、そんなひとつひとつはこれから努力していくことで、「理想の自分」というのとは少し違うような気がするのだ。

「今の自分に満足……って、志が低いみたいでいやだな」

翔子が本当にいやそうに言うと、ひかりはものすごくおかしそうに声を立てて笑った。

「確かに！　あのせまい部屋とフリーター上がりの彼氏で満足して？」

「だよね……いくら何でも、もうちょっと上を目指してもいいよね」

するとひかりは、まだ笑いながらも、今のは冗談というふうに手と首を横に振った。

「ううん。あたし、翔子の言いたいこともわかるのよね」

運動後ののどの渇きに負けてビールを注文していたひかりは、少し気だるそうに言った。

「ほら、みんな別れ際に『じゃあ、がんばってね』って言うでしょ。あれって、子供の頃から無意識に、いつもがんばらなきゃいけないって思わされてるのよ」

ひかりに言われて、翔子には思い当たる記憶があった。翔子の母は、翔子を玄関で送り出すとき、がんばってね、とは言わなかった。気をつけてね。楽しんでね。運動会の日も、発表会の日も、受験の日にまで、母はいつもそう言って微笑んで手を振っていた。でも、翔子は自分でも気づかないうちに何度も口にしているかもしれない。大輔、仕事がんばってね。夢が実現するように、がんばってね。

「テレビ見ててもさ、スターにインタビューしている人が、『がんばってください』『次の目標は?』『今後の抱負は?』って。もう、歌手やスポーツ選手になって、成功している人に向かってよ。よく考えたら失礼よね」

誰もが常に、今より先に、何か目標やハードルを設定して、それを乗り越えるためにがんばらなくてはならないと思い込んでいる。人は、今のままでいてはいけないとでもいうように。今のままでいいと思う人は向上心のない怠け者と判断され、世の中の大きな流れから何となく離れていく。それが、今の風潮ということなのか。

「だから翔子はいいのよ、そのままで。まあ、あたしはなりたい自分になろうにも、この不規則な生活じゃどうにもなんないけど」

ひかりは習いたての〝ハッピースマイル〟という口角をぎゅっと上げた表情をつくりながら、背中に手をまわして握手をする〝牛の顔のポーズ〟をして言った。その姿がおかしくて、翔子は思わず吹き出した。

「忙しいとお昼も食べそこなうし、カップラーメン一個で終電ぎりぎりまで仕事するなんてしょっちゅうだし。そんなんで理想の体形になれるわけないよね」

翔子から見ても、ひかりの仕事は多忙極まりなく、平日にゆっくりまともな夕食がとれるのは月に一度の入稿直後、ようやく訪れるゆるやかな数日の間だけだった。翔子はふだん、数えきれないほどの雑誌が、毎週、隔週、毎月、定期的にきちんきちんと搬入されてくることを当然のこととして受け止めているが、ひとたび目線を変えて、それがひかりをはじめとするエディトリアルデザイナーや大勢のスタッフによる徹夜続きの労働でかろうじて成り立っているのだと思うと、その事実に愕然《がくぜん》とし、気が遠くなるような思いがするのだ。

「学生の頃はほら、体育とか部活とかあるし、何だかんだ体動かす機会があったじゃない？　でも、今は毎日へとへとで、体動かす気になんかとてもなれない」

ひかりは短大を卒業後、就職はせずに、デザイン系の専門学校に進んだ。もともと芸術大学志望だったが「浪人だけは許さない」両親の手前、翔子と同じ普通短大に進んだものの、やはり雑誌をつくる仕事をしたいという彼女の強い希望は変わらなかった。二年間の専門学校の課程を終え、主に女性ファッション雑誌を手がける、青山のデザイン事務所に就職が決まった。彼女に言わせると、この業界も意外と学歴社会で、四年制の芸術大学を出ていないと大企業への就職はむずかしいという。だからひかりは「都内に実家がなければ暮らしていけないくらい」のお給料で、昼夜を忘れ、好きな仕事に励んでいるのだ。

「うちのボスが言うにはね、昔は定規と鉛筆でやってた仕事が全部パソコンに切り替わって、この十年でがらっと変わってしまったって」

翔子は会ったことはないが、ひかりから〝ボス〟の話はよく聞いている。社員十数名のデザイン事務所の社長であり、彼女が尊敬するアートディレクターだ。確か、年齢は四十歳ぐらいで、ギャラのいい広告業界の仕事には目もくれず、雑誌の編集デザインひと筋のポリシーを貫いている人だそうだ。

「便利になった反面、そのおかげでデザイナーの仕事の範囲がどんどん広がって、でもギャラは同じ、締め切りも同じ。それじゃあ仕事がタイトになるのは当たり前よね」

「うちの前の店長も、この十年で書店は変わったってよく言ってた」

翔子がその最初の変化に気づいたのは、まだ書店員ではなく、客の目で書店を見ていたときだった。大きな書店は皆こぞって話題の新刊や売れている本を大々的に展開し、《一〇〇万部突破!》《五〇万人が泣いた!》などの、派手な宣伝が目立つようになった。いつの間にかそれぞれの書店の個性は消えていき、どこに行っても同じベストセラーがずらりと並んでいるというのが当たり前の光景になった。

「今は新刊が週に一五〇〇冊近くも出て、その分大量の返品が出て、そのくり返し。前は今みたいな書店戦争もなかったし、一冊一冊の本をもっと丁寧に扱えて、書店員にも余裕があったんじゃないかな」

「そっか。じゃあ、どこも大変ってほんとなのね」

ひかりは少しほっとしたように笑って、今度は急に大っぴらなあくびをするように顔を上下に伸ばして〝ムンク〟の顔をしようとしたので、翔子はまた吹き出しそうになりながら周囲を気にしてあわてて止めた。すると、ひかりは一転真面目な顔になって、ひじを突き、手を組んであごをのせた。そして、テーブルに飾られた小さなサボテンに目を落としながら、ぽつりと言った。

「昔は玉《たま》の輿《こし》ねらってる女とか、軽蔑《けいべつ》してたけど……最近ちょっと気持ちわかる……結婚したらラクかなあって、最近よく考える」

ひかりの、まるで「らしくない」発言に、翔子はかなり驚いてはいたが、顔には出さなかった。いつか、お洒落なファッション誌の目次に《A《アート》D《ディレクター》・久野ひかり》と名前が載る、一人前のデザイナーになる。それが口癖だったひかりが、こんな弱気なことを言い出すなんて、よほど疲れているのだろうと翔子は思った。この間、ひかりが急に大人びて見えたのも、この疲弊のせいかもしれない。

「ひかり、もしかして……わたしのネガティブ・シンキングがうつったの？」

あえて明るい調子で言った翔子の声に、顔を上げたひかりは、一瞬泣き出しそうに見えた。もしひかりが泣いたら、何と言って元気づけよう。そう翔子が考えたとき、ひかりはその表情を完全に隠し込んだ。

「そうよ！　もう、翔子のネガティブ光線、送ってこないでよね。せっかくこないだの宇宙のエネルギーでポジティブになってたのに」

そう言って〝アッカンベー〟の顔をして、ひかりは自分で吹き出した。そのときのひかりは、いつもと同じほがらかな笑い顔だった。翔子もつられて笑い、ふたりはしばらくだらないことを言いあい、笑いあった。けれど翔子はそのとき、親友の心の中に、何か入り込めない壁があることに気づいた。

渋谷店二階でスタートした《誰かに伝えたいラブストーリー～大人も楽しむケータイ小説フェア》は、当初二週間の予定をもう一週間延長することが決まった。ここ数か月のフェアに比べて、倍以上の売り上げを記録したことを受けて、山崎が下した決断だった。

「この規模で一日二〇冊平均はたいしたものだ。やっぱり、今井さんはこういうフェアに向いていましたね」

言葉は少ないが、山崎の褒め言葉は翔子を素直に喜ばせた。チーフになってはじめて手がけたフェアがまずまずの評価を受けたことで、ようやく試験期間を終え、合格点をもらったような気がした。このひと月、どこか落ち着かない気持ちを抱えて、部下になった社員に気を遣い、アルバイトのわがままにも今ひとつ厳しくなれないでいた翔子は、フェア棚の整理や補充をしながらほっと胸をなでおろす。

「チーフ、お疲れ様ですう」

振り返ると瑞穂が満面の笑顔で立っていた。

「瑞穂さん、おはようございます」

各版元の営業部員は、午前中のまだ店内がすいている時間を見計らって訪ねてくる。今朝は瑞穂が一番乗りだ。

「渋谷店さんのケータイ小説フェア、ほかの書店さんでも話題よ。けっこう偵察に来てるんじゃないかしらあ?」

瑞穂は大袈裟《おおげさ》に辺りを見まわすような身振りをしながら笑った。

「ありがとうございます。お客様に喜んでいただけてよかったです」

「ううん、お客様だけじゃなくて、版元も喜んでるわよ。今まで、ケータイ小説コーナーは出来てても、書店自ら客層を限定しているようなとこがあったでしょ。そういう意味でこのフェアは、目からウロコだったんじゃない? さすがよ、翔子ちゃん」

瑞穂にそこまで褒められると、翔子はかえって恐縮してしまった。自分だって、ついこの間まで、ケータイ小説のジャンルを避けて通ろうとしていたし、今も、完全に理解しているわけではない。変わったのは、翔子が自分なりにケータイ小説に触れ、折りあいをつけ、つきあいはじめたということだった。

「それに、うちのイチオシ、こんなに取り上げていただけるなんて、ぜんぜん思っていなかったわあ」

瑞穂は、平積みされた青い表紙を愛《いと》しそうになでた。その傍らには、翔子が手書きで作ったポップが置かれている。《ケータイ小説なんて、くだらない。そう思っているあなたにこそ読んでほしい。最初のページをめくってみればわかります。そこに普遍的な愛の形があることが。大人がとっくに忘れてしまった胸の痛みが、イマドキの女の子たちにもあることが。著者はイマドキの女の子の気持ちがわかる大人です》

「このフェアのおかげで他店も注目しはじめて、重版も続々決まって、人気に火がついた形になったでしょ。もう、うちは翔子ちゃんにいくら感謝しても足りないわ」

瑞穂は翔子の手をとって、敬意を表す仕草をした。

「いいえ、いろいろ読んでみて、この作品なら、ケータイ小説にアレルギー反応を起こしている世代にも受け入れられるんじゃないかと思ったんです……正直言って、わたしもそのひとりだったので」

翔子が白状すると、瑞穂はきれいにダークグリーンのアイラインを引いた目尻を下げて、屈託なく笑った。

「それは、われわれの世代もみんなそうよ。今だって、みんなで目をつぶってえいっとダイブしてるって感じでね」

翔子は、先日の秋元との会話を思い出し、瑞穂も言葉にはしなくても、同じ気持ちを抱えていたのだと思った。

「著者もとっても喜んでいるの。ぜひ渋谷店に挨拶に来たいと言ってるから、今度お連れするわね」

「そんな、わざわざいらしていただくほどのこと、してませんから」

翔子がさらに縮こまると、瑞穂はちょっと意味深に声を潜めた。

「公式には出してないんだけど、彼ね、本業は歯医者さんなの。なかなかのナイスガイだし、会って損はないと思うわ」

本業は歯科医と聞いて、翔子は妙に納得してしまった。ケータイ小説は読者の九〇パーセントが女性、書き手の八〇パーセントも女性。すなわち、女性たちの共感を得られなければケータイ小説の成功はあり得ない。ヒット作を生み出している男性作家にホストや美容師が多いのは、女の気持ちを熟知している職業だからだろう。でも、この青木譲二《あおきじようじ》という作家の書いたケータイ小説は、これらの作品とは明らかに違っていた。

『彼方《かなた》へ・・・』の題材はややありふれた、長年の純愛を描いたラブストーリーだったが、ただせつないだけの物語というわけではない。男性のずるさや女性のしたたかさも表現しながら、それでいて「すぐに飽きて読むのをやめてしまう」読者を引き込む力とスピードがあった。構成もしっかりした芯のある作風で、著者はきっととても頭がいい人なのだろうと翔子は感じた。一風変わった経歴の持ち主かもしれないと思って調べてみたが、公式プロフィールには性別と、三十五歳という年齢しか記されていなかったのだ。

「じゃあ私、山崎店長にご挨拶してくるから……翔子ちゃん、引き続きどうぞよろしくね」

瑞穂があたふたと去っていくのを見送ってから、翔子は三冊並んだ青木譲二の『彼方へ・・・』シリーズに目を落とした。フェア当初から、翔子がポップや機関誌、ホームページなどでこまめに推薦してきたのは確かだが、それがここまでの影響を及ぼしたとはまだ信じられなかった。もちろんこのフェアだけの功績ではないが、青木譲二の作品は日を追うごとに五冊、一〇冊と順調に動きはじめ、あわてて追加発注をかける状態になっていた。うれしかったのは、ケータイ小説とはまるで縁のないスーツを着たビジネスマンがレジに持っていく姿が何度も見られたことだった。

けれど、著者の青木譲二本人に会うのは少々気が引けた。もちろん、作家がわざわざ書店に足を運んでくれるということは、書店員にとってこの上なく光栄なことだ。入社二年目、学生の頃から大ファンだった純文学作家がサイン会で来店したときは、まるで少女がアイドルを前にしたときのように緊張し、震える手でお茶を出した。気さくに話しかけてくれた作家に、勇気を振りしぼって初版本にサインをもらったときの高揚感は今もはっきりと覚えている。ただ、今回はその相手が、仕事でなければ決して手にとらなかった本の作者であることが、翔子に多少の後ろめたさを感じさせていた。

「チーフ、ちょっと……」

アルバイトの内野が翔子を見つけてやってきた。

「これ、新刊台のほかに、雑誌のコーナーにも置いてもらったらどうかと思うんですけど」

内野が手にしていたのは今週発売された、人気女性誌の恋愛特集をまとめた単行本だった。雑誌のタイトルやロゴは全国的に知名度が高く有利に展開できるため、ここ数年、雑誌の冠をつけた単行本やムックが数多く出ている。

「うん、雑誌を立ち読みするお客様が手にとってくれたら効果的だと思う。雑誌担当には聞いてみたの？」

「いや、まだなんですけど……チーフから言ってもらえませんか？」

「え？　自分で言えばいいじゃない、そんなこと」

すると内野は、言いにくそうにもごもご口を動かした。

「チーフ、大谷さんと仲いいですよね……だからそのほうがすんなりいくかなあと思って」

内野の様子に、翔子はなるほど、とうなずいた。雑誌担当なら誰でもそういう面はあるのだが、麻奈実は雑誌の並びにはかなり強いこだわりを持っている。以前も、人気タレントが表紙を飾っている雑誌の横に、その日発売のフォトエッセイをぜひとも置きたいと要請したら、「並びがくずれるから」という理由で突っぱねられたことがあったらしい。

「わかった、じゃあわたしから話してみる」

翔子が本を受けとると、内野はあからさまにほっとした様子で、急に饒舌《じょうぜつ》になった。

「よかった、大谷さんって、編集や営業さんにはすごく親切なのに、僕らアルバイトにはけっこう怖いんですよ。完全に下に見られてるっていうか」

翔子が聞き流していると、内野はさらに続けた。

「あれ、もう立派な差別ですよ。大谷さんにとって、僕らアルバイトは話す価値もない、それ以前に男でもないんですから」

「ほら、そろそろレジの時間じゃない？」

翔子が腕時計を見せると、内野はようやく話をやめて会釈をしてその場を離れた。さっそく一階に降りてみると、ちょうど麻奈実がバックヤードに向かうところだった。手短かに用件を話すと、麻奈実は快く引き受けてくれ、翔子の渡した本の帯やそでにさっと目を通した。

「『働く女性のための恋愛トレーニング』ね……つまり、仕事がんばりすぎて彼氏がいない人のための本？」

「まあ、そういうことかな。最近、アラサー、アラフォーターゲットの恋愛本、けっこう出てるから」

すると麻奈実は眉間にかすかにしわを寄せながら、ちょっと肩をすくめた。

「ヘタに仕事ができる人ほど、こういう負け組の道へ行っちゃう。だから私は仕事がんばったりしないもん」

「え？　麻奈実だって、仕事真面目にやってるじゃない」

「まあ、やんなきゃいけないことはやるけどさ。それももう、あとちょっとで終わりにしたいなあ」

麻奈実は切に願うように言った。

「三十過ぎて、お金のこと気にしてあくせくしたりするのなんていやだもん。もし仕事するとしても、もっと優雅に働きたい」

「優雅に？」

「そう、優雅に。セレブ婚して、その男の経済力と肩書きとコネに支えられて仕事するの。そうすればすべてうまくいくもの。生活の心配はしないで、仕事したいときだけして」

そのために、麻奈実はありとあらゆる努力をしている。せっせとエステに通い、ネイルサロンに行き、裕福な女友達にドレスを借りて合コンやパーティに出かけるのだ。

「だいたい、女が三十代になっても仕事をがんばったりするから不幸になるのよ」

きっぱり言いきった麻奈実に、翔子は思わず聞いた。

「じゃあ今、フロアチーフをまかされて仕事がんばってるわたしって……負け組予備軍ってこと？」

翔子の、ちょっとあせった顔に、麻奈実は笑って首を振った。

「翔子はいいのお。大輔くんがいるもん。三十代で彼氏もいなくて仕事が恋人の女とは違うじゃない」

「それはまあ、ね……」

でも、翔子にもこの先、彼女たちと同じ立場にならない保証はどこにもない。もし自分が結婚を選ばない、もしくは選べない三十代を生きていくとしたら、生活のよりどころになるのはやはり自分の仕事とキャリアしかないはずだ。充実した仕事とある程度の定収入さえあれば、翔子はそれなりに楽しくやっていけるのではないかと思ってしまう。そういうところが、すでに負け組予備軍なのかもしれないが。

二階に戻って、何人かの女性たちが本を選んでいる棚を見ると、そこには、セレブリティになるためのルール、セレブ婚を勝ちとる方法、セレブに近づくためのマナーブック、玉の輿に乗るための心得、お金持ちの目に留まるためのメイク術……いつの間にこんなに増えたのかと思うほどのセレブ関連本が並んでいる。麻奈実だけでなく、多くの女性たちが日々、幸せになるための努力をしているのだ。

セレブって、お金持ちって何だろう。翔子はレジに向かいながらぼんやりと考えた。大きな家、シャンデリア、高層マンションの最上階の、夜景の見える部屋、高級ホテルみたいなインテリア、外車、大きな犬、何十万もするブランド物の服、指の幅を超えるくらい大きな宝石、ワニやトカゲのバッグ。お金持ちになりたければ、まずお金持ちになったときの具体的なイメージを持ちましょう。けれどどうしても、どう考えても欲しいと思えないものばかりだった。

「いらっしゃいませ」

レジカウンターで接客をする翔子の前に、三冊の本が積まれた。見慣れた青い表紙は、三冊を横に並べたときに一枚の絵になるようにデザインされている。海と空と星、それに無数の流れ星。青木譲二の『彼方へ・・・』シリーズの全三作だった。翔子はうれしい気持ちを接客の基本スマイルのなかに溶け込ませて、客の目を見て言った。

「ありがとうございます。カバーをおかけいたしますか?」

するとその男性客は、一瞬何を言われたか意味がわからないような目をして、黙り込んだ。やせ型で、ちょっと無精ひげを生やしたその容姿は一見、純粋な日本人に見えるが、もしかしたらアジア系の外国人なのかもしれない。翔子がそう思って、接客の研修で習った英語を思い出そうとしたとき、男性客が急に口を開いた。

「あ……カバーは、いいです」

日本語が通じていたとわかって、翔子は恐れいりますと言って本のバーコードをスキャンした。

「この本、売れてますか?」

唐突に、男性客が聞いた。よく、新聞の書評欄に載った話題の書籍などを買い求める客が「これ、売れてるんだってね」「今、流行《はや》ってるんでしょ」などと話しかけてくることはある。でも、この人は少し変わっていると翔子は思った。もちろん、毎日の接客のなかで、少々風変わりな客の対応には慣れている翔子だったが、この男性客には何か不可解なものを感じた。

「はい、わたしの見解では、いい売れ行きだと思います。くわしいデータはお伝えできませんが……」

翔子が丁重に答えても、彼の聞きたいことにはまったく答えられていないような手応えのなさだった。男性客はさっきからずっとどことなく落ち着かない様子で顔を曇らせたまま、レシートと本を入れた袋を受けとった。そして、さらに口を開いた。

「本当に、買う人がいるんですか？」

「もちろんです」

「本当に？」

ふたりのやりとりに気づいて、店内で本の補充をしていた純也が様子をうかがうように歩み寄ってきた。ごくたまにだが、女子社員目当ての厄介な男性客もいるため、男性社員はちょっとしたごたごたにも警戒の目を強める。特に正義感の強い純也は、些細《ささい》なクレームでもさっと引き受けてくれることがよくあった。少し前までの翔子だったら、すぐに純也に応対を代わってもらっていただろう。でも、このフロアのチーフになった以上、そういうわけにはいかない。翔子は勇気を出して、男性客をまっすぐに見た。

「お客様、大変失礼ですが、どうしてそのようなことをお聞きになるのか、うかがってもよろしいでしょうか？」

男性客は、一瞬虚をつかれたように押し黙ったあと、そのまま、きびすを返して足早に帰っていった。翔子がやれやれ、とレジ業務に戻ろうとしたとき、数歩行ったところで彼がふいに振り返った。

「すみません。この本を買う人がいるなんて、信じられなかったんです」

そう言って、その男性客ははじめてにっこりと笑顔になった。整然と並んだ真っ白な歯が見えて、笑う前よりも驚くほど印象が明るくなり、まるで別人のようだった。男性客は、翔子にもう一度歩み寄り、やや小さな声で言った。

「これ、僕が書いた本なんです」

大輔は、翔子の部屋の小さなキッチンで、ラタトゥイユを作っている。ナス、ピーマン、赤ピーマン、ニンジン、ズッキーニ、長ネギなどの野菜をニンニクとオリーヴオイルで炒め、丁寧に湯剝《ゆむ》きした完熟トマトとブイヨン、それに醬油《しょうゆ》を二、三滴入れてぐつぐつ煮込む。最後に三温糖をほんの少し、そして何種類かのハーブを調合した塩で調味する。〝カマルグの塩〟と呼ばれるフランスのものだ。大輔のこだわりで翔子の部屋にもひと袋置いてある。翔子はそれほど敏感な舌の持ち主ではないが、この塩を使うと普通のフレンチドレッシングがたちまち独特の香りと旨《うま》みで高められるのがわかる。

「南仏の料理には、南仏の塩がいちばん合うんだよ」

　ティースプーンで味見をしながら、大輔は満足そうに目を細める。翔子はこんなふうに、大輔が料理しているところを見るのが好きだ。今日は、大輔のファミレスで扱うことになるかもしれない有機野菜の試食を兼ねて、うちで夕食をとることになった。メニューは翔子の作った豚肉のしょうが焼きと豆ご飯、それに、ラタトゥイユと野菜のポタージュ。少し妙な取りあわせだったが、翔子にとっては最高の食卓だ。

「おいしい、おいしい。大輔のラタトゥイユは三ツ星レストランよりもおいしい」

　翔子がラタトゥイユを味見して言うと、大輔は、また奥二重の目を細めて笑った。

「翔子、三ツ星レストランなんか、行ったことないくせに」

「行ったことないけど、わかるの」

「おれは行ったことあるよ。恵比寿の、ジョエル・ロブション」

「あの、ディズニーランドのお城みたいな建物？」

「そう。まあ、あれはちょっと、いい趣味とは思わないけどな。大学卒業したとき、兄貴がお祝いに連れていってくれたんだ」

　大輔には、仙台で家業の寝具店を継いでいる十歳も年の離れたお兄さんがいる。家族の中で、大輔が料理の道に進むことを理解し、応援してくれたのはそのお兄さんだけだと言っていた。前に、大輔のいるファミレスで一度だけ会ったことがあるが、大輔とはまったく似ていない、どっしりと貫禄《かんろく》のある、懐の深いお父さんみたいな人だった。

「一流になりたければ一流の味を知らなきゃ駄目だなんて、わかったようなことを言ってたけど、兄貴、結婚式の披露宴以外でフランス料理を食べたの、はじめてだったんだよ」

大輔はうれしそうに、少し懐かしそうにお兄さんのことを話した。内定していた就職先を断ったことがきっかけで、両親とは何となく会いづらくなり、大輔はあまり実家に寄りつかなくなった。お兄さんもしょっちゅう東京に出てくるわけではないから、もう一年近く会っていないだろう。

「おいしかった?」

「そりゃあうまいよ」

「どんなふうに?」

「どんなふうに? そうだなあ。きれいな音楽を聴いているみたいに」

大輔は、頭ではジョエル・ロブションのイベリコ豚のローストか何かを思い浮かべながら、ちょっと焼きすぎたしょうが焼きを食べた。

「うまい。ワインにもけっこう合うな」

近所のディスカウントショップで大輔が選んできたリーズナブルな赤ワインを飲みながら、ふたりはローテーブルいっぱいに並んだ料理を次々たいらげた。

「何が違うの?」

ほろ酔いの翔子は、大輔の肩にもたれながら聞いた。

「何と、何が？」

「大輔のラタトゥイユと、三ツ星の料理と」

「そうだなあ。まあ、味と腕は互角として」

「うん」

「おい、今の、否定しろよ、あと続かないだろ」

「うん」

翔子がまたこくんとうなずくと、大輔は翔子の頭をくしゃくしゃとやった。

「何が違うって……何もかもだよ。素材。温度。スピード。でも、いちばん違うのはあれだな」

「何？」

「おれのは、基本的に誰かの物真似《ものまね》だってこと。もちろん最初は誰だって、師匠の物真似から入るけど、修業を積んで、いつかそこから抜け出して自分がオリジナルになれるかどうか」

大輔がこんなふうに料理について真剣に語るのを久しぶりに聞いたような気がした。彼の表情も、今夜は自信と希望に満ちているように見える。翔子はいつになく晴れやかな気分になった。

「わたしも行ってみたい」

「そうだな」

「連れていって」

「そうだな」

そのとき、大輔の顔がいつものもどかしい表情に戻るのがわかった。大輔はまた翔子の頭をくしゃくしゃとやって、言った。

「またふたりで五百円玉貯金でもするか」

以前、ふたりで五百円玉貯金をはじめたことがあった。ジャムの空き瓶を洗ってきれいにラベルを剝がし、おつりで五百円玉をもらったら絶対に使わないでこの中に入れよう。上まで貯《た》まったら旅行をしようと、わくわくした気持ちで話した。でも、一週間もしないうちにふたりは気づいた。五百円玉を使えないとなると、あっという間に千円札が、五千円札が消えてしまう。すぐに生活費が足りなくなって、どちらからともなく五百円玉貯金は立ち消えになった。そのとき翔子は、五百円玉貯金はもっと裕福な人たちの貯蓄法であり、分不相応だと悟ったのだ。

「あ、百五円貯金っていうのもあるらしいぞ」

大輔も同時に同じことを思い出していたらしく、声のトーンが明らかにさっきと違っていた。

「一日が終わって、お財布の中に百円玉と五円玉が揃《そろ》っていたときだけ、それを貯金するっていうやつ。〝百のご縁〟があるってさ」

それなら自分たちでもできそうだとでも言うのだろうか。大輔は本当にそんなことが言いたいのだろうか。

「こういうのって、結局みんな駄洒落なんだよな。くだらねえよな」

大輔がそう言ってテレビをつけたので、この話は終わりになった。それにしても、東京で暮らしていると、本当に何かとお金がいる。群馬にいた頃は、こんなに早く千円札はなくならなかった。もちろん、親元にいたせいもあるけれど、理由はそれだけではないような気がする。東京という街が、どこもかしこも物であふれかえり、ひと晩じゅう灯《あか》りがついていて、いつもお金を使わないといけないような気持ちにさせ、使えない自分がとても貧乏だという思いを植えつける。

翔子は昔から、お金が欲しいとか、お金がないとか、それはいくらしたとか、そんなふうにお金のことを話すのは品のないことだと教えられてきた。ただ、年がら年中お金のことを考えていなくてすむために、ある程度のお金は必要なのだと。今も、決して余裕があるとはいえないけれど、毎月家賃の心配をすることもないし、光熱費が払えずに食費を切り詰めるというほどでもないし、特別な出費がなければ赤字にはならない。ひかりと一緒に何かのレッスンに参加したり、ときどき新しい服を買ったり、格安の英会話を習ったりするくらいのお金は残っている。ただ、ブランド物を買ったり、しょっちゅう旅行をしたり、贅沢《ぜいたく》な外食をしたりする自由はもちろんない。これを「お金がない」ととらえる人もきっといるのだろう。

「なあ、この人、おれみたいだよ」

テレビを見ていた大輔が言った。

「ほんの一年前は、貯金が三千円しかなかったんだって。なあ、おれみたいだろ？」

翔子が画面に目をやると、大輔とは似ても似つかない、素朴さのかけらもない、そんな人が帽子をかぶったまま得々とインタビューに答えている。テロップを見てやっと、一年足らずで年収五億になった人たちの特集だとわかった。

「それが、便利グッズをひとつ思いついただけで、今じゃ一攫千金《いっかくせんきん》の発明王。すげえよな」

ひとり言のような大輔の言葉に、翔子は何も答えなかった。返事もしたくなかったし、もしたとしても大輔の気に入るような返事はできないとわかっていた。画面では、その人がまったくお金のない頃から、自分はいつか必ず大金持ちになると周囲に豪語していたというエピソードを再現フィルムで流している。

「やっぱ、ポジティブ・シンキングだよな」

大輔は感心したようだったが、翔子はふだんからこんなことを吹聴《ふいちょう》している人なんて近づきたくもないと思っただけだった。だいたい、世の中もよくない。長引く不況で夢が持ちにくいからといって、一発逆転、一攫千金で億万長者になれるような番組や本ばかりつくる。ポジティブに考えれば人生はそのとおりになるなんて、いったいどこの国の話なのと翔子は少し腹が立った。

「どうせ、わたしはネガティブ・シンキングよ」

食べ終えた皿やフォークをシンクに運びながら、大輔には聞こえないようにつぶやいて、翔子はため息をひとつついた。

「この人たちもいいよな」

大輔はリアクションしない翔子をまるで気にしないふりで、今度は傍らに積まれた本を手にとった。

「ずぶの素人が、ケータイ小説で一発当てたら、あっという間に印税生活だもんなあ」

翔子に何か言わせようと、わざわざ話題をテレビから本に移したのは、大輔が何か翔子にぶつけたい感情を抱えているからだ。社員になっても手取りの給料はほとんど上がらず、かえって責任や労働時間だけが増え、彼は自分の選択を少し後悔しているのかもしれない。ここで、一〇〇万タイトル以上もあるケータイ小説のなかから人気が出て書籍化される作品はごくひと握りで、ましてや印税で生活できるような作家などほんの数人なのだなどと説明しても、たいした意味もないような気がした。

「たとえばこれなんか、どのぐらい売れてんの？」

そう言って大輔が翔子のほうに掲げて見せたのは『彼方へ・・・』の一作目だった。

「どうかな……デビュー作だから初版は少ないはずだけど、三部作だし、増刷でかなりの部数になっているかも」

曖昧に答えながら、翔子はあのときレジカウンターをはさんでの初対面となった青木譲二の、とらえどころのない不思議なたたずまいを思い出していた。おそらく来月か、再《さ》来月あたりには、かなりまとまった額の印税が彼の口座に振り込まれることになるだろうが、彼は、大輔が想像してうらやましがるような喜び方も使い方も、まるでしない人のように思えた。

「いいよなあ。おれにも何か、奇跡が起こらないかなあ」

言い終わるか言い終わらないかのうちに、ベッドのへりに頭を載せてうとうとしはじめた大輔を見て、翔子はため息をもうひとつついた。今夜も、ベッドの上で眠るのは、翔子ひとりになりそうだった。

# 第四章

土曜日の午後二時にはじまった青木譲二のサイン会は、一時間が過ぎても読者の列が途切れることはなかった。B1フロアの一角に設けられたイベントスペースからメインエントランスに続く階段にはカラフルなファッションに身を包んだ若い女性客が隙間なく並び、その多くが『彼方へ・・・』シリーズを三冊とも手にしている。当初、時間のことも考慮して、サインはひとり一冊のみに限定しようという案が出たが、譲二の強い希望で、持ち込まれたすべての本にサインをすることになった。これでは予定された終了時間をかなり超えそうだと、翔子は腕時計に目をやりながら思った。

コバルトブルーの毛氈《もうせん》を敷いた細長い机を前にして、パイプ椅子に腰かけている譲二は、緊張した様子もなく、やや淡々として見えた。黒いシャツにジーンズ、ダークグレイのジャケット。決してこの日のために新しく買い求めた服などではなく、ふだんから彼が着慣れた愛着のあるワードローブなのだろう。さすがに無精ひげはきれいに剃《そ》られていたが、服装は先日とほとんど変わらなかった。

譲二の傍らに、いつになく神妙な面持ちの秋元が立ち、ファンから一度本を受けとり、水色の見返しを開いて、譲二の前に置く。譲二は筆ペンを正しく縦に持ち、まったくサインらしくない楷書で名前を書く。個性的な作家のサインを見慣れている翔子には、譲二の生真面目な字はとても新鮮に映った。作家のサインというよりは、結婚式の受付で芳名帳に書き入れる名前のようだ。

譲二の右側に座ったスーツ姿の瑞穂が、餅つきのつき手と合いの手のように、絶妙のタイミングでまだ乾いていないサインの上に間紙《あいし》をはさみ込む。譲二は何かに祈りを捧《ささ》げるように静かに本を閉じ、ファンに手渡す。握手を求められれば快くにこやかに応じるが、自分からは決して手を出さない。そんな譲二の、まったく浮ついていない態度に、翔子は好感を持った。

「私も、サインしてもらえるかな」

会場の隅で進捗具合をチェックしていた翔子の耳元で、先ほどから休憩を返上してサイン会を見守っていた麻奈実がつぶやいた。周囲にはほとんど聞こえないようなごく小さなささやきだったが、彼女の声が弾んでいるのがわかる。麻奈実にとっては譲二もセレブの一員なのだ。

「大丈夫だと思うけど、だいぶ押してるから……」

翔子は麻奈実に期待を持たせすぎないように、曖昧な返事をした。ほかの客への影響を考慮すると、サイン会は通常、一時間半ほどですませるのが理想だが、ファンとのふれあいを大切にし、ゆっくり握手や記念撮影に応えるスタイルをとると、二時間強かかることもある。今日は、著者とのツーショット撮影は禁止としたが、勝手に撮られるのはまったくかまわないと譲二自らが許可したため、ひっきりなしにさまざまな機種の携帯電話のシャッター音が聞こえる。逆に、普通のカメラやデジカメで写真を撮っている人は誰もいない。

翔子は読者の列の脇を通って階段を上り、列の最後尾を確認した。カップル以外の男性客はまったくと言っていいほど見られない。彼女たちが順番を待っている間にすることは、携帯で写真を撮っているか、メールを打っているかのどちらかだ。彼女たちにとって携帯電話は、食事をするときも、恋人と会っているときも、眠っているときでさえ決して手放すことのできない、生活になくてはならないライフラインなのだ。

「翔子ちゃん、来たよ」

背後から声をかけられ、驚いて振り返ると、亜耶が青い大小のラインストーンをちりばめたネイルを見せびらかすような向きでピースサインをしていた。翔子は周囲を気にしながら身振りで応え、小さくありがとうと言った。

「うん。このコたちも『カナタ』にハマってんの」

亜耶とまるで同じような髪形とメイクをした女の子が数人、翔子に会釈のような、写真を撮るポーズのような動作をしながら笑いかけた。亜耶の世代の感想を聞こうと『彼方へ・・・』を読んでもらったところ、「超ハマって」友達とまわし読みしたらしい。一応、サイン会のことはメールで知らせておいたのだが、正直、まさか本当にやってくるとは思っていなかった。亜耶は翔子の腕をつかんで自分のほうに引き寄せると、耳元で言った。

「ねえ、『カナタ』書いた人が歯医者ってマジ？」

もちろん大声で聞かれたら困ったが、いくら内緒話でもここで答えられる話題ではない。

「ごめん、あとでね」

やっとそれだけ言って、翔子は会場に戻った。譲二は先ほどと変わらない様子で淡々とサインをこなしている。彼が歯科医であることはすでにインターネット上で噂《うわさ》にのぼっていたが、正式発表はしていない。今後も、する予定はなかった。良くも悪くも、本業への影響を最小限にとどめたいという譲二の意向からだった。ケータイ小説で一躍有名になってやろうなどという思いから、彼はどれほど離れたところにいるのだろうと翔子はあらためて思った。

あの突然の対面から、ひと月近くの時が過ぎていた。結局、きちんと挨拶する間もなく立ち去ってしまったため、彼が本当に作家・青木譲二なのかどうか、証拠は何もなかった。すぐに山崎に報告し、編集部を通じて確認してもらったところ、間違いなく本人だったことがわかった。けれど、その答えを聞くまでもなく、翔子は心のどこかでとっくに確信していたのだ。この小説を書いたのはあの人に違いない、と。

「結局、一二〇人も集まったんだ。たいした歯医者の先生だ」

無事、サイン会を終え、譲二が秋元と瑞穂とともに事務室内にしつらえた応接室に引き上げたあと、会場を片づけながら純也が言った。

「思った以上に盛り上がりましたね。ふだん、まったく本屋で見かけない人種ばっかりでしたけど」

内野もてきぱきと机を折りたたみながら言った。

「そういう人たちの足を本屋に向けさせた今井さんの手柄は大きいんじゃないかな」

純也はそう言って、筆記用具や封筒を整理している翔子に微笑みかけた。

「きっかけはそうかもしれませんが……ここまでブームになったのは作品の力です」

『彼方へ・・・』は、その後着々と版を重ね、瞬《また》く間にベストセラーの仲間入りをしていた。映画化やテレビドラマ化、コミック化など二次使用のオファーも相次ぎ、最近少し飽和状態だったケータイ小説市場を活性化するのにもひと役買っている。

「最近は、一書店員の推薦文やポップから全国的な人気に火がつくこともあるっていういい例だよ。ふだん本を買わない人が買うからこそ、一気に広がりやすい。だって、僕のまわりでこの本を買った人はひとりもいないんだからね」

純也が、少し前の翔子と同じ感じかたをしていることが手にとるようにわかった。きっと、純也はどんなに話題になっても『彼方へ・・・』だけは読まないだろう。冷めた純也と対照的に、内野はうきうきするような声で続けた。

「それだけ、書店員が注目されているってことですよねえ。チーフ、もしかして、『カナタ』で本屋大賞ねらってません？」

「ねらってるわけないでしょう、そんな」

翔子はつい、語気を強めて否定してしまってから、しまったと思った。実はこの一連の現象についても、翔子の悪い癖が出て、喜びや達成感よりも先に、何かとんでもないことをしでかしてしまったような戸惑いと、得体の知れない恐怖を感じていたのだった。翔子がめずらしく少し怒ったように見えたので、内野はあれっという顔をして純也を見た。翔子はごまかすように、内野に意味もなく笑いかけて言った。

「ああいうのは、ねらってどうにかなるものじゃないから」

「いいじゃないですか、みんなで投票しません？　ねえ、松尾さん」

さらにしつこく言及する内野を、翔子が返す言葉がなく受け流していると、代わりに純也がたしなめた。

「自分が本当にいいと思う本と、仕事で手がける本はまったく別物と考えたほうがいい。ただ、こう新刊が多いと、なかなか本当に読みたい本にたどり着かないけどね」

純也の、自分の胸の内を察したような言葉に安心しながら、翔子はサイン会での譲二の様子を思い出していた。譲二自身は、突然巻き込まれた嵐のような今の状況を、果たしてどうとらえているのだろうか。

「ああ、やっぱりもう終わっちゃってたあ」

そこへ、売り場に戻っていた麻奈実が『彼方へ・・・』を手に、小走りにやってきた。こういうときの麻奈実は少し芝居がかっていて、舞台の袖から走り出てきた女優のようだ。

「青木先生なら、まだ事務室にいらっしゃいますよ」

内野が、麻奈実とはまるで違うほうを向いたまま言った。麻奈実も、内野のほうは見もせずに翔子に言った。

「でも、わざわざ押しかけてご迷惑になるのも、ねえ?」

「わたし、今から戻るから、もしよければ預かっていこうか?」

翔子がいうと、麻奈実は、それは駄目、といったふうに、本を両手でぎゅっと抱えた。

「直接会えなきゃ意味がないもん。翔子、もっと仲よくなって、合コンかなんか企画してくれない?」

「無理だよ、そんなの」

翔子は笑って言ったが、内野はあからさまに軽蔑《けいべつ》のまなざしを麻奈実に向けた。

「ああ、大谷さんが興味あるのはサインじゃなくて、青木先生本人なんですね」

「そうだけど？　悪い？」

今度は麻奈実が面と向かって言うと、内野はそそくさとたたんだパイプ椅子をいくつも抱えて階段に向かった。すると入れ違いに、山崎が階段を降りてくるのが見えた。麻奈実は少しあわて気味に、本を大事そうに抱えたまま持ち場に戻った。

「ああ、みんなお疲れ様」

山崎はいつになく上機嫌だった。サイン会が盛況だったことに加えて、先月の売り上げ報告が先々月を一〇パーセント上回っていたことも影響しているのだろう。

「今夜、サイン会の打ち上げを兼ねて、青木先生を囲んで食事会をすることになった」

秋元は、作家のみならず、関係者をもてなすのもうまい。書店員に対しても常にオープンで、彼の振る舞いは非常に気前がよかった。以前、新雑誌が創刊したときなどは、麻奈実も含めて雑誌フロアの女性たちを集めてディナークルーズに招待してくれたことまであった。もちろん、すべてが会社の経費とは考えにくく、それだけ彼の書店に対する思い入れの大きさが伝わってきた。秋元と瑞穂が仕切る打ち上げなら、そういう場に慣れない譲二でも楽しめるものになるだろうと翔子は思った。

「それで……青木先生がぜひ、今井さんにも出席してほしいとおっしゃっているんだ」

「わたしも、ですか?」

翔子は驚いて言った。サイン会やイベントの打ち上げに書店員が呼ばれるのはそれほどめずらしいことではないが、それは作家と書店員がすでに顔なじみになっている場合だ。

翔子が譲二と会ったのは、今日でたった二度目だ。サイン会開始前の打ちあわせで大急ぎで名刺交換をすることになったが、まだ作家の名刺を作っていないと言って譲二が差し出したのは、デンタル・クリニックの名刺だった。

「自分の本がここまでになったのは、渋谷店のおかげだから、フェアの担当者の女性を呼んでほしいと」

翔子は、そのときぼんやりと思った。彼はまだ、自分の名前すら覚えていない、遠い、彼方の人なのだ。

「急な話で申し訳ない……今夜何か、予定があったかな?」

いつもなら有無を言わさず命令してくる山崎が、今日ばかりは翔子の顔色をうかがうような素振りを見せた。それだけ、どうしても翔子に出席してほしいのだろう。スケジュール帳を見てみるまでもなく、予定は何もなかった。今朝早く大輔から、遅番のアルバイトが急にやめてしまったから自分が代わりに出勤することになった、とメールが入っていたからだ。このひと月、大輔と何度も会う算段を立てたが、実現したのは一度だけで、この頃では約束をするそばから、もしキャンセルされてもがっかりしないように防御する習慣がついてしまった。

「はい、喜んで出席させていただきます」

翔子は、今日の私服が、何シーズンも前の少々くたびれた綿のワンピースであることを思い出し、自分の投げやりな身支度をかすかに悔やんだ。

「きっかけは、患者さんの女性ですね。週に一回、矯正治療に来ていた高校生なんですが」

旬の野菜や魚を使った和風の創作料理が並ぶ広い楕円《だえん》のローテーブルを囲んで、会はなごやかに進んでいた。完全な個室ではないが、隣の座敷とは藍染めの薄いカーテンで仕切られていて、落ち着ける空間になっている。青木譲二は、焼酎のお湯割りを飲みながら、ゆったりとしたペースで話す。

「診療台に上がっても、絶対に携帯電話を手放さない。それがまた、毎回装飾がきらびやかになって、グレードアップしていくんですね。まるでトラック野郎みたいだなあって」

譲二の的を射た物言いに、同席していた山崎も、秋元と瑞穂も笑い声を上げた。末席に所在なく座っていた翔子も、少しリラックスして彼の話に聞き入った。

「治療中も隙を見てメールを返信するんですよね。それを見ていて、この世の中に〝ケータイ〟にかなうものなんて何もないんじゃないかって気がしてきた」

この人が話すと、些細《ささい》なことでも世界の終わりに近づいているように聞こえる。そう翔子は思った。

「あるとき、その子が待合室で携帯電話を見ながら泣いている。何かあったのかと思って、歯科衛生士に様子を見に行かせると、小説を読んで感動して泣いていると言うんです。一瞬、意味がわからなくて、しばらくして、ああ、ケータイで本も読むのか、と。カルチャーショックでしたね」

譲二はまた焼酎のグラスを手にして、ゆっくりと飲んだ。暑い季節に温かいものを飲む人はなぜかそれだけで穏やかに見える。一同が彼の次の言葉を待っていたが、当の譲二は、自分の話は終わったとばかりに、目の前に置かれた鱧《はも》の梅酢和《うめずあ》えをつまみはじめた。彼が、歯科医という堅い職業につきながら、どうしてケータイ小説を書くことになったのか、そのきっかけについて話すことは、もうないようだった。

「そうそう。そこまでは、われわれの世代、だいたい反応は一緒なんですよ」

秋元が、その続きを担うように話しはじめる。

「でもそこからが青木さんのすごいところ。ランキング上位の人気ケータイ小説を片っ端から読んだんだって。いくつものサイトに登録して、コメントも書いて、友達も出来たっていうんだから」

譲二は、そんな恥ずかしい話をここでしなくても、といったふうに秋元を見て、人ごとのように笑った。

「それはすごいなあ。ケータイ小説を勉強しなきゃいかんとは思うが、なかなかあの世界にはついていけない。さすが、青木先生はお若いですね」

　山崎が言うと、譲二はさらに恥ずかしそうにうつむきながら首を横に振った。はっきり聞きとれなかったが、口元でもごもごと、僕は成長してないんですよ、と言ったようだった。秋元が、やや熱っぽく続けた。

「で、今度はサイトのなかの友達がケータイ小説を書きはじめて意見を求められるなんてことになって、だったら自分で書いたほうが早いんじゃないかって、書きはじめたっていうんだ。その時点で、彼のケータイ小説へのリサーチとマーケティングは完璧だったんだよ」

「いやいや。ただ単に、ハマったんですよ、ケータイ小説に」

　譲二の言葉は、あながち謙遜でもないようだった。

「通勤中、読むのにちょうどよくて。僕はもともと活字中毒なんで、それまではかならず本を持って電車に乗っていたんですが、あえて手ぶらで乗るようにして」

「あら、どうして？　活字中毒を直す必要なんてあるんですか？」

　だしぬけに、瑞穂が声を上げた。それは翔子が聞きたいことでもあったので、密《ひそ》かに瑞穂に感謝しながら耳を傾けた。

「うーん……彼女たちを見ていて、ありゃケータイ中毒だなと。でも、ひとりで食事するときも風呂に入るときも本を手にしている自分も、おんなじじゃないかと思ったんですよ。何ごとも、中毒はよくないですからね」

「あらあ。私も長風呂して読書するの大好きですよ。ねえ、翔子ちゃんもそうでしょう?」

何となく、はい、とは答えにくく、翔子がうやむやにしていると、秋元がにやにや笑って瑞穂に言った。

「翔子、風呂で本を読むほど色気なくないってよ」

「ええっ、そうなの? ていうか、お風呂で本読むのって、色気ない? そんなことないわよねえ?」

瑞穂がおどけたように言って、また一同が声を上げて笑った。こんなふうに、女性であることやプライベートを織りまぜながら、会話の場を盛り上げるのが瑞穂は本当にうまいと翔子は思った。とても自分には、こんな絶妙のスタンスはとれない。本当は、気に入りのバスソルトを入れて、ペットボトルと文庫本を持ち込んで長いときは二時間もバスタブで本を読んでいる、なんて白状する勇気もなかった。こんなとき、気の利いたことも言えず、ただ笑っているしかない自分が無能な女に思えてくる。

「というわけでね、山崎店長。売れる本には売れる理由がある、ってことですよね。『彼方へ・・・』が売れたのは偶然ではなく、必然なんです」

「うん、秋元さんの言うとおりですね」

山崎が眼鏡の下で目を細めると、譲二は恐縮して頭に手をやって、照れたように笑った。するとと真っ白な歯がこぼれて、彼の少し寂しげな雰囲気を一気に明るくした。最初に会ったときも思ったが、笑った顔と笑っていない顔が別人みたいだ。

「いやいや、ほんとにあれがウケるなんてぜんぜん思わなかったですよ。僕のは、殴りあいもドラッグもレイプも出てこないし。ただの男の、センチメンタリズムですからね」

そう言って譲二は少し自嘲《じちょう》的に笑って、翔子のほうに目を向けた。

「あなたが、あんなふうに大々的に取り上げてくださったおかげです」

譲二は、少し言いにくそうに、あなた、という呼びかたをした。それに気づいた山崎が、わざわざ翔子の名前を持ち出した。

「今井翔子さんはうちの文芸のホープですからね。今回も全面的に彼女にまかせたのが正解でした」

すると、譲二は翔子のほうに身を乗り出してにっこりと笑った。

「この場を借りて、お礼を言います。ありがとう、翔子さん」

「いえ、わたしは自分の仕事をしただけですから……」

翔子がうつむきがちに言ったので、秋元がまたからかい半分に口をはさんだ。

「そうそう、奥ゆかしいのが翔子のいいところだから」

でも、翔子がうつむいたのは奥ゆかしさからではなく、譲二の白い歯がまぶしかったからだ。

「どうですか？　ケータイ小説家の先生になって、歯医者の先生だったときと、何か変わりました？」

瑞穂が、譲二のグラスにボトルで頼んだ紫蘇《しそ》焼酎とお湯を足しながら、聞いた。

「そうですね。多少、生活の仕方は変わりましたけど、それ以外は特に。もともと、自分にとっては、歯医者も作家も、手段でしかないですから」

食事会のはじまりの頃より、譲二はずいぶん饒舌《じょうぜつ》になっていた。酒が入ったせいか、人に慣れたせいかもしれない。

「漠然としてて恥ずかしいんですが……僕の中にあるのは、人を救いたいというような気持ちだけなんです。だから、歯医者とか、作家とか、その職業につくことが目的ではなかった。人を救えるなら手段は何でもいい」

「うーん。むずかしいけど、わかる気がするなあ。確かに歯医者は人を救います。歯痛《はいた》っていうのは本当に何よりつらい、何せ眠れないし。あの痛みを魔法のようにとってくれる歯医者さんは神様に見える」

秋元の冗談とも大真面目ともつかない言葉に、瑞穂が、もう、と背中を叩《たた》いた。翔子は秋元が、半ば本気で譲二とやりあいたいと思っているのではないかと、はらはらして見守った。秋元は腕組みをして大袈裟《おおげさ》にうなってみせて、さらに続けた。

「そしてもちろん、ケータイ小説家だって、人を救いますよ。青木さんの小説を読んで、自殺を踏みとどまる女子高生がいるかもしれない。いじめをやめようとする中学生がいるかもしれない。親の待つ家に帰ろうと思い立つ家出少女がいるかもしれない。これはまさにケータイ小説家の醍醐味《だいごみ》でしょう」

黙って秋元の挑発めいた話ぶりを聞いていた譲二が、ちょっといいですか、といった手振りをしてから、口を開いた。

「その、ケータイ小説家という呼びかた、秋元さんはどう思います？」

「呼びかた？」

譲二は秋元が投げてきた変化球を打ち返す準備ができたようだった。

「原稿用紙に万年筆の時代から、作家のツールはワープロになって、パソコンになって、今までだってどんどん変化してきたはずです。そのとき彼らを、ワープロ小説家、パソコン小説家、なんて呼びましたか？」

秋元は、独特の不敵な笑みを浮かべて、面白そうに聞いていた。山崎もふたりのやりとりに不穏な空気を感じたらしく、あわてて明るく合いの手を入れた。

「ははは、そりゃ、言わないですね。先生のおっしゃるとおりだ、ねえ？」

急に振られた瑞穂も、笑ってうなずいてみせた。

「ケータイ小説だって、それと同じことじゃないですか。ツールが携帯電話に変わっただけの話なのに、それを、ケータイ小説家、と騒いでいるのは皆さんや、世間だけですよ」

「まったく、まったく！　こりゃ、耳の痛い話です……ねえ、秋元さん」

今度は山崎が、黙ったまま笑みを浮かべている秋元の背中を叩いた。譲二は瑞穂がさっき足したばかりの焼酎を一気に飲み干し、瑞穂はまたグラスをとって、ボトルから焼酎を足した。先生、お強いんですね、ふだんは何を飲まれるんですか？　やっぱりワインとかかしら？　その様子を見ているうちに、翔子の中にあった違和感は決定的なものになった。

「あの、わたしは……少し、違うと思います」

翔子が急に口を開いたので、四人が一斉に翔子のほうを見た。そのとたん、自分がいったい何を言おうとしているのか混乱して、翔子はまた口をつぐんだ。その表情をとらえて、譲二がやさしく言った。

「何でも言ってください。特にあなたの、翔子さんの意見には、いつも耳を傾けたいんです」

それでも、翔子は何も言うつもりはなかった。なのに、譲二の少し緑色がかった瞳を見ているうちに、言葉が口をついて出ていた。

「あの……ケータイ小説の場合は、ワープロやパソコンのときのように、ただツールが変わっただけじゃないと思います」

山崎が、譲二に気づかれないように、翔子の発言をやめさせようとして合図を送っているのが見えた。

「その……文学の、根本が違うというか……」

「文学の、根本？」

譲二はまだ穏やかな微笑《ほほえ》みをたたえていたが、目は先ほどより鋭い光を放っている。

「これはわたしの個人的な感想ですが」

翔子が話の核心に触れようとすると、今度は瑞穂が、翔子の傍らにすっと寄り添うようにして言った。

「翔子ちゃんの個人的な感想は、もう手書きポップにいーっぱい書いたじゃない？　あれ、評判よかったわあ、ほんとに！　あたし空《そら》で言えるのよ、ええと……」

「翔子さんの個人的な感想、ぜひ、聞かせてほしいな。皆さんも、しばらく口をはさまないで聞いてください」

譲二本人に遮られて、瑞穂ももうお手上げだった。秋元は興味津々で翔子と譲二を交互に見ながら、ちびちびと焼酎を飲んでいる。山崎はそれでも何とか翔子を黙らせる口実はないかと、そわそわと辺りを見まわしている。翔子はおそるおそる話しはじめた。

「ケータイ小説を読んでいくうちに、思ったんです。ケータイ小説を、小説の一ジャンルとしてとらえること自体に無理があるんじゃないかと……書籍化された本だけ読んでいたときには気づかなかったんですけど、実際、携帯電話の画面で読んでみると、わかるんです」

さっきまであんなに硬くなっていた場で、譲二に面と向かってこんなにぺらぺらとしゃべっているなんて、自分こそ相当酔っているのかもしれない、と翔子はうっすらと思った。

「顔の見えない読者に向けた従来の小説とは違って……ライブで反応するユーザーの意見を取り入れてストーリーをすすめていけるケータイ小説は、アクセスしてくる少女たちの自己表現に迎合している部分もあるわけですから……」

譲二は、ずっと変わらない穏やかな微笑みで翔子をじっと見つめていた。もしかしたら、譲二もケータイ小説を読み進むうちに、自分と同じ結論に至ったのかもしれない。そんな希望が翔子の中に生まれていた。だからこそ、譲二の作品は、ほかの〝ケータイ小説家〟の作品とはまるで異なる世界観をつくり出していたのだ。きっと、そうに違いない。翔子は思いきって、最後まで一気に続けた。

「ケータイ小説は〝稚拙な文学〟なのではなくて、まったく新しいコミュニケーション手段なんだと考えたんです。そうしたら霧が晴れて……そんなとき、青木先生の本に出会ったのです」

そこまで言って、翔子は、自分の考えを意外にうまく伝えられたのではないかと自負していた。譲二がどんな感想を語ってくれるのか、楽しみなくらいだった。すると譲二は、ふうっと息を吸い込んで、それからため息のような音を立てて吐き出した。

「じゃあ、あなたは、ケータイ小説は小説じゃない。そう言いたいのですか?」

譲二の翔子への呼びかたがまた、あなた、に戻っていた。翔子はそのときになってはじめて、譲二との距離が遠く遠く離れていることに気づいた。

「あの、いえ、わたしが言いたいのはそういうことじゃなくて……」

また、譲二の真っ白な歯が見えた。でも、先ほどの笑顔とは違い、口元がかすかに震え、ゆがんでいた。

「それなら、あなたはどうして、僕の本を推薦したのですか？」

譲二の言葉が、まっすぐに翔子の心を突き刺した。翔子が本当に伝えたかったことが、まさに彼の問いへの答えだった。ケータイ小説を「小説ではない」まったく新しいジャンルとして認識したとき、はじめて「あんなものは小説じゃない」と馬鹿にする層にアプローチすることができる。青木譲二の作品は、もっともっと広い読者層に読まれるべき「小説」なのだから。本当はそう言いたかったのに、翔子はもう、何も言えなかった。

「ああ、だいぶ酔ってしまった。明日も朝から診療なので、僕はそろそろ失礼します」

冷えた空気のなか、譲二はにこやかに立ち上がった。タクシーを呼ぶという秋元を、譲二は通りに出て自分で拾うからと断って、松濤《しょうとう》の住宅街を歩き出した。四人で丁重に見送ったあと、山崎は秋元と瑞穂に、深々と頭を下げた。

「日をあらためて、ぜひお詫《わ》びにうかがいたいと青木先生にお伝えください。くれぐれも、これでうちとのつきあいが途絶えるなどということのないよう……」

「大丈夫ですよ。青木さんには僕からも、よく話しておきますから」

秋元は何度も大丈夫、大丈夫と言って安心させようとしたが、山崎の目は神経質につり上がったままだった。その怒りの矛先は、もちろん翔子に向けられた。

「ケータイ小説家に向かって、ケータイ小説は小説じゃない、なんて。いったい、どういうつもりなんだ」

「すみません……申し訳ありません」

翔子も今では、自分がなぜあんなことを言い出したのかさえわからなくなっていた。あのまま黙ってにこにこしていれば、すべてうまくいったのに。気の利かない、ぼんやりした女だと思われても、そうしているべきだった。どうして自分の手でめちゃくちゃにしてしまったのだろう。

「一度や二度、自分の企画したフェアやイベントが当たったからといって、いい気にならないでもらいたい」

そんなつもりはありません、そう言い返す資格は自分にはない、と翔子は唇を嚙《か》みしめた。きっと、山崎の言うとおり、いい気になっていたのだ。この仕事を通して、ケータイ小説と新たな読者の架け橋になれる、そんな大それた錯覚に陥っていたのは確かだった。自分は何の力もない、ただの書店員に過ぎないのに。

「どうやら私は、きみを買いかぶっていたようだ」

山崎はタクシーを拾いながら、翔子を振り返って言った。交通量の多い車のヘッドライトで影になって、表情はよく見えなかった。彼の乗り込んだタクシーが見えなくなっても、翔子はその場を動けなかった。このまま、どこかに消えてしまいたかった。

「そんなに気にすることないんじゃないの？　なかなか面白い説だったし……よく研究したじゃん」

　秋元が翔子の肩を叩いた。涙が出そうだったが、我慢した。ここで泣いたら、最低だ。

「翔子が言わなきゃ、俺が言ってたよ。まあ、内容はあんな高尚なもんじゃなかったと思うけどな」

　秋元が言うと、ずっと悲しそうな顔でことの成り行きを見守っていた瑞穂が、また秋元の背中をばちーんと勢いよく叩いた。

「もとはといえば、あんたが悪いんでしょ。青木先生を刺激するようなこと、わざと言って」

「うーん。俺はああいうの、いいと思うんだけどね。ただ持ち上げてるだけじゃさ、お互いに成長がないんだから」

「まあね、あんたみたいに作家の先生と侃々《かんかん》諤々《がくがく》できる編集者もそうそういないでしょうけど。翔子ちゃんまで巻き込むことないのよ」

　そう言って、瑞穂は翔子の肩をぎゅっと抱きしめた。

「翔子ちゃん、もう今日は帰って寝なさい。何も考えちゃ駄目。こういうときこそほら、お風呂に浸かって本でも読んで。ね？」

瑞穂が体中を伸ばすようにして、空車のタクシーに向かって手を振った。

「ありがとうございます」

翔子はやっとそれだけ言って、車に乗り込んだ。運転手に聞かれるまで、行き先を告げることさえ忘れていた。

「池尻までお願いします」

けれど、車がしばらく走ってから、翔子はやはり、目的地を変更することにした。


ファミリーレストランの店内は、深夜でも昼間のように明るい。寂しいときも、ここに来れば擬似的な幸福を感じられる反面、よりいっそう孤独を意識させられる、人工的なオレンジ色の光。ヘッドホンで周囲をシャットアウトしながら試験勉強をしている大学生や、ひとりで黙々と何皿も平らげているサラリーマン、出番を待つ女優の楽屋のようにずらりとメイク道具を広げて、アイラインやリップグロスを引きながらおしゃべりする女子高生たち。窓際の席で本を広げて、コーヒーを飲んでいる翔子は、端《はた》からはどんなふうに見えるのだろう。

「お待たせいたしました」

翔子の前に、コーヒーのおかわりと、ブリオッシュのフレンチトーストが置かれた。バターと蜂蜜で焼いたフレンチトーストに、桃とアメリカンチェリー、フローズンヨーグルトを盛りあわせたデザートで、翔子の嫌いなミントの葉が除いてある。

「ありがとう」

翔子が顔を上げると、大輔は自分のぶんのアイスティーを持って、向かいの席に座った。さっき厨房《ちゅうぼう》を覗《のぞ》いたときは白の制服姿だったが、もう私服に戻っている。

「ごめんね、仕事中に。休憩？」

「ううん。今日はもう上がっていいって」

「そう」

「今日も、つっかれたなあ」

大輔は、大きく伸びをして、窓の外を見るようなふりであくびをした。

「めずらしいな。翔子がこんな時間に来るなんて」

「うん」

「これ、けっこううまいよ。食べてみて」

うなずいて、翔子はフォークを手にした。フレンチトーストの端っこを切って口に入れると、意外なほどの甘さに舌が痺《しび》れる。

「のっけて食うと、うまいの」

大輔は、次のひと切れに桃とフローズンヨーグルトをバランスよく盛りつけ、翔子のフォークに載せてくれた。食べると、フルーツのさっぱりした酸味と、フローズンヨーグルトの冷たさが合わさって、それぞれの味を引き立てる。

「おいしい」

「だろ？」

そう言って、大輔も同じようにしてひと切れ食べた。すると一気に体の疲れが出たように、ソファにもたれかかった。

「どうしてか、聞かないの？」

「何が？」

「こんな時間に来るなんて、めずらしいなって言ったでしょ」

「うん」

「どうしてか、聞かないの？」

大輔は、ううう、と小さくうなり声を上げた。

「何かあったんなら、言うだろ」

「言わなかったら、聞かないの？」

「どっちでもいいんじゃないの」

大輔はまた、窓の外を見て、天候を確かめるような動作をしながらあくびをした。大輔が少しうんざりしているのもわかっていたが、翔子はどうしても聞いてほしかった。翔子がこんな時間に来るなんて、どうしたの？　何かあったの？　大輔が、自分からはそういうことを一切聞かない人だと知っているのに、翔子はいつまでもぐずぐずと、聞いてほしいと願ってしまう。聞かれなくても、自分の言いたいことをどんどん話せばいいだけなのだ。今夜は仕事で大きなミスをして、せっかくチーフをまかせてくれた店長を失望させてしまった。どうしていいかわからなくて、大輔になぐさめてほしくて来たのだと。

「これ、大輔に頼まれていた本」

でも、口をついて出てきたのは、まるで違う言葉だった。シティライフブックスの紙袋を手渡すと、大輔はうれしそうに、中から本を取り出した。

「おう、サンキュ。これ、読みたかったんだよ」

大輔が、読みたい本がある、などとめったにないことを言うので、翔子は二つ返事で買い求めた。翔子もぱらぱらとめくってみたが、しばらくして読むのをあきらめた。三十か国で八〇〇万部以上の世界的ベストセラーになっているこの本は、成功哲学を身につけるための自己啓発本で、翔子の最も苦手とする分野だった。この本に書かれている、自分の思考が現実になる「引き寄せの法則」というのが本当なら、常に前向きな考えの人には望みどおりの幸福が訪れ、ついついネガティブなことを想像してしまいがちな翔子はどんどん悪い方向へ向かうことになる。それなら今夜の出来事も、翔子自身が引き寄せて起こったのだろうか？

「前に厨房で一緒だった人の先輩がさ、ハワイに自分のレストランを出したんだ。今はオーナーシェフとして、すげえいい暮らししてるって」

大輔は目を輝かせて本の目次を読んでいる。

「で、どうしたらそんなふうに、思いどおりの人生になるんですか？　って聞いたら、そのシェフが言ったんだ。自分はこの本のとおりにしていただけですって」

この手の話を聞いて、多くの人がわくわくと高揚した気分になれるのはなぜだろう。翔子はかえって不安な気持ちになり、疑心暗鬼に陥る。本当に、夢は願えば叶《かな》うのだろうか。偉大なる宇宙の法則を信じるかどうかは別として、確かに夢は偶然叶うものではないのかもしれない。夢は願わなければ叶わない。でも願ったからといってすべての人の夢が叶うわけでは決してないだろう。

「本で人生が変わることなんて、ほんとにあるのかな」

大輔が、小学生の男の子みたいな口調でぼそっと言った。もちろんあると翔子は思ったが、あるとしたら、こういう種類の本ではないような気がして黙っていた。けれど、信じる者は救われると言うから、大輔がこの本でまた夢に前向きになれるのなら、それでいい。

「これは？」

紙袋の中から、大輔がもう一冊の本を引っ張り出した。

「あ、それはおまけ。大輔が好きそうかな、と思って」

家庭でも気軽に作れるというテーマで書かれた南仏の家庭料理の本だ。フランスの街や港で撮られた写真がたくさん入っていて、料理本のコーナーでもライトエッセイのコーナーでもとても人気がある。気軽に、と言ってもやはり、翔子にとって少々手ごわいレシピが多く、大輔に作ってほしいメニューがたくさんあった。もちろん、ラタトゥイユやポトフは大輔の作ったほうがずっとおいしそうだったけど。

「ああ、この人、前にテレビで見たことがある。『情熱大陸』だったかな」

大輔は料理のページよりも、著者の日本人シェフのプロフィールを熱心に見ていた。

「そう、そう、日本人最年少でミシュランの一ツ星もらったっていう……へえ、そうなんだ」

大輔の表情が、笑い顔のまま、少し寂しげにゆがんだ。

「星をもらったとき、この人、二十八だったんだ。はあ、おれの二年後じゃん」

「そうなの」

「今のおれの年には、もうフランスに自分の店を出してたんだな。すげえな、違うよな」

大輔が喜んでくれると思って贈った本なのに、かえって落ち込ませてしまうなんて。翔子がもっとポジティブに生きていれば、こんな悲しいすれ違いも起こらないのだろうか。

「場所を変える?」

気分も変えたくて、翔子は言った。

「どこかでちょっと飲まない？」

「ううん、ここでいいよ」

「でも……」

大輔もいつまでも、職場にいたくなどないだろうと思ったし、正直なところ、今夜はコーヒーでなく、大輔とふたりで少し酔いたかった。

「カネがないから」

無表情で、大輔が言った。

「正社員の締めは毎月十日なんだって。だから先月の給料、まだ入んないんだよ」

翔子はあわてて明るく言った。

「いいよ、わたしが出すから。だって、勝手に来たんだもの」

自分が会いたくて来たのだから、翔子は他意もなく言ったのだが、大輔はかたくなに首を振った。

「情けないよな。ちょっと給料遅れただけで、首がまわらなくなるんだから」

大輔は以前から、翔子におごられるのが好きではなかった。ごくたまにそういうときがあっても、食事のあとは少し無口になった。だから翔子も、大輔のそのときどきの経済状態に合わせてデートするのがいちばん楽しいのだという結論に至った。けれど、東京にいると、お金を使わないデートをするのは本当にむずかしく、どうしてもどちらかの家でくつろぐしかなくなってしまうのだ。

「おれは最低だよな」

どうして、いつもこんなふうに、話がよじれてしまうのだろう。翔子と大輔のふたりの宇宙は、どこか大切なところでねじれてしまっているのかもしれない。

「最低じゃないよ」

翔子はやっとひと言、言った。

「最低だよ。おれの生活はサイテー。カネはない。欲しいもんも買えねえ。自分で食いたいもんも食えねえ」

「どうしてお金を持っていないだけで最低になるの。人格は関係ないの？」

「そういう問題じゃないんだよ。今はとにかくカネを稼がなきゃ」

誰かにせかされているように、大輔は先ほどの自己啓発本のページを大急ぎでめくっていく。富を引き寄せるには、「お金がない」ことに焦点を合わせていてはいけません。今すぐにお金持ちになった気持ちを味わいましょう。大輔はぱたんと本を閉じた。

「カネが、カネがないのはもういやなんだよ」

精も根も尽き果てたように、げんなりとして大輔は言う。そんなことを口に出して言ったら富が引き寄せられないよと言って、笑って冗談にしてしまいたかったが、できない。

「カネ、カネって、お金がすべてじゃないでしょ」

「カネがすべてじゃないって、カネがあるから言えるんだよな」

「わたしだって、お金がある、なんて言われるほどないじゃない」

「でも安定してるだろ、翔子の仕事は」


ますます、仕事でピンチに立たされていることなんて話せない。その代わりに翔子が言った言葉は、自分でも予想外にクールな、使い古されたような台詞《せりふ》だった。

「じゃあ、お金があれば幸せってこと？　大輔はお金さえあれば幸せなの？」

「そうじゃねえよ。でも、カネがなきゃ、何もできないだろ？　今のおれからしたら、自分の店持つなんて、まともな夢にもならねえよ。夢のまた夢の夢、そんなもん、ないのとおんなじだよ」

「じゃあとにかく何でもいいからお金があればいいの？　株でも、賭けごとでも、競馬でも？」

「まあ今は、競馬でも」


翔子は大きなため息をついた。そんなことを言った大輔にではなく、彼にそんなことを言わせてしまった自分に失望していた。ポジティブ・シンキングでも何でも、今の状況から救い出してくれるものなら片っ端から信じたいくらいだった。

「大輔の言うとおりかも」


翔子が言うと、大輔が、はっと今目が覚めたように顔を上げた。

「最低って、こういうことなのかもしれないね」

翔子は大輔から目線を外して、窓の外を見ながら言った。でも、通りの景色は真っ暗で、見えたのは、ガラスに映った、少しひねくれたような自分の顔だけだった。

「そんなこと、言うなよ。翔子が、そんなこと言うなよ」

大輔が言った。いつものやさしい、大輔の声だった。翔子は、先ほど我慢した涙が一気にあふれ出すのを感じた。

「大丈夫だって。おれはいつかかならず自分の店を持って、最初に翔子を招待するから。いちばんいいテーブルの、いちばんいい席を、翔子のスペシャルシートにしてやるからな」

そう言って、大輔は長い手を伸ばして翔子の頭をくしゃくしゃとやった。涙がテーブルにぽたぽた落ちて、紙のランチョンマットにまるい水玉をいくつも作った。翔子はそれを拭う余裕もなく、滲《にじ》んだ世界に身をゆだねた。翔子だって、夢は願えば叶うと信じたい。愛があればお金なんてと、時代遅れのことを貫く自信もない。夢と、現実と、お金。大切なのは、そのバランスなのかもしれない。

# 第五章

遅番の翔子が午後に出社すると、予想どおり山崎が待ちかまえていた。午前中に急な呼び出しがかからなかっただけでもありがたいと、翔子は覚悟を決めてミーティングルームに入った。

「昨日はよく眠れたかな」

ふだんなら、何ということのない問いかけだが、今日の翔子には少々こたえた。作家の前で失言をくり返すなど、自分は文芸フロアのチーフ失格だ、もともと誰かの上に立つ資格などなかったのだ、明日からどうやってみんなをまとめていけばいいのだろう。そんな堂々めぐりで眠れない夜を過ごしたあとでは。

「昨日のことは……本当に申し訳ありません」

翔子は何も答えずに、すぐに頭を下げて、山崎の次の言葉を待った。

「書店員として、深く反省すべきことだ」

山崎は静かな口調で言った。

「青木先生が今後一切当店には協力してくれないということにでもなったら、うちにとって大損失だ。版元とのつきあいもあることだし……いや、正直まいった」

すべて山崎の言うとおりだった。このことで、秋元と瑞穂にも、どれだけ迷惑をかけることになるだろう。自分にできることなら、どんなことでもして償いたいと思うのだが、何をすればいいのか、ひと晩かかってたどり着いた答えはごくありきたりのものだった。

「青木先生に、謝罪にうかがってもいいでしょうか」

翔子はおそるおそる顔を上げた。

「店長に一緒に行っていただかなくてはなりませんから、ご迷惑をおかけしてしまいますが……わたしにはそれしか……」

「そうだね。私も、さっきまでは同意見だったんだが」

山崎は一度言葉を切って、何とも不可思議だと言わんばかりに頭を振って、言った。

「青木先生から秋元さんのところに連絡があって、来月のうちでのトークショーを、快諾してくださったそうだよ」

翔子は驚いて、ぽかんとした表情で山崎を見た。すると、にわかに山崎の表情が柔和にゆるんだ。

「さっき、瑞穂さんから電話があった。先生は昨日のことはすべて水に流してくださって、渋谷店は自分の原点だから、これからもよろしくとのことだ。いやあ、これでどれだけほっとしたか」

翔子の、張りつめていた肩の力が抜けた。ほっと胸をなでおろす反面、よく状況がのみ込めなかった。誠意を尽くしてあやまって、それで許してくれたというのならわかるが、昨夜のやりとりをそのままなかったことにするなんて、できるものだろうか。

「ただ、それにはひとつ、条件、というか何というか……うちに頼みがあると」

「条件？」

山崎は翔子からちょっと目線を外すようにして、少し早口になって言った。

「先生が新作の執筆をするにあたり、今井さんに取材同行を頼みたいとおっしゃっている」

「えっ？」

翔子を驚きよりも先に、得体の知れない不安が襲った。取材に同行する、というのはどういうことなのか。譲二は、秋元にどう言ったのか。彼はいったい、何を考えているのだろう。

「異存はないだろうね？　まあ、あったとしても、お断りするという選択肢はないと思ってもらいたいが」

もちろん、翔子に断る権利はなかった。たとえ条件つきであろうと、譲二がもう一度チャンスをくれたのだ。すべてはいい方向に向かっている、と翔子は自分に言い聞かせた。

「青木先生は、きみにビッグサイトのブックフェアを案内してほしいそうだ」

それを聞いて、翔子は少しほっとした。毎年この時期に開催される東京国際ブックフェアなら、入社二、三年目に一度足を運んだことがある。各版元のブースをまわって挨拶したり、洋書のセールを楽しんだりした記憶があった。毎年この時期には書店員宛てに招待券が届くが、勤務中に出かけるわけにもいかず、なかなか訪れる機会がなかった。本の好きな人ならじゅうぶん楽しめるイベントだし、翔子にも何とか案内役が務まりそうだ。

「それで急で申し訳ないが、先生のご都合でブックフェアには明日、行ってもらいたい」

「明日、ですか」

翔子が反射的に聞き返すと、山崎は少し決まり悪そうにデスクのシフト表をめくった。

「ああ、明日、きみが休みなのを承知でお願いしている。もちろん、出張扱いということで。休みはあとで調整させてもらいます」

昨晩、ファミリーレストランで大輔と別れ際に、あさってはふたりとも休みだからゆっくり会おう。そう約束した。けれど、どんな予定よりも優先させなければいけない場面だとわかっていた。翔子の承諾の返事を聞くか聞かないかのうちに、山崎はもう嬉々《きき》としてシフトの調整をする手配をはじめていた。

「ブックフェアはこの週末で終わりだから、急なのは仕方がないと思うけど」

純也はPCに向かいながら、聡明《そうめい》そうな額にちょっとしわを寄せて言った。純也の様子では、すでに昨夜の一部始終を知っているようだった。

「どんな内容の取材なのか、秋元さんに確認してみたほうがいいんじゃないかな」

純也の不安は、そのまま翔子の不安でもあった。けれど、これ以上周囲を煩わすことのほうが心苦しかった。

「いいんです。もとはといえば、わたしが悪いんですから」

翔子が言うと、純也は手を止めて、翔子のほうをまっすぐに見た。

「基本的に、悪いことなんか、今井さんは何もしてないと思うけど」

それだけ言って、純也は翔子から目をそらして、その場にいなかった僕が言うのも何だけど、と小声でつけ加えた。純也のさり気ないやさしさが伝わってくる。

「いいなあ、青木先生と一緒に取材なんて。私が代わりに行きたいぐらい！」

話を聞きつけた麻奈実は、大振りなジェスチャーをしてうらやましがった。

「だって、今度の本、シリーズトータルで一二〇万部売れたんでしょ？　一冊千円で、単純計算したって……印税一億二千万!?　うわーお」

まるでそのお金が自分のものになったかのように、麻奈実の目が次第にきらきら輝き出すのが見えた。

「これで映画化も決まって、海外でも出版されて……いったい、いくらになっちゃうのお？」

いったいいくらになったって、ここにいる誰にも関係ない話だ。どうして皆、そんなに他人の収入が気になるのだろう。

「ねえ翔子、その取材ってもしかして、青木先生とふたりきり？」

麻奈実の質問に、純也も顔を上げた。

「さあ……くわしいことはわからなくて」

もしほかに同行者がいなかったとしても、ブックフェアの会場は一日中、大勢の人でごった返している。少なくとも気まずい雰囲気にはならずにすむだろう。

「いいなあ、私もシフト変えてもらって、ついていっちゃおうかなあ？」

「わたしだって、麻奈実がついてきてくれたら心強いけど」

翔子が笑うと、麻奈実は少し安心したように言った。

「ああ、よかった、ずっと暗い顔してたから。翔子って、真面目だからさあ。何かあると、けっこう引きずるんだよね？」

麻奈実が自分のことを心配して盛り上げてくれていたのか、と翔子は彼女の気遣いにそっと感謝した。そこへ、本を詰めた段ボール箱を抱えた内野が入ってきた。

「チーフ、この辺り、そろそろ返品しようと思うんですけど」

内野はときどき、独断でさっさと返品手続きをしてしまうことがあった。的確な判断であることも多かったが、アルバイトの立場を考えればやはり行きすぎた行為であるため、かならず社員の許可をとるように注意していた。

「この本、あまり動きよくないの？」

翔子は段ボール箱の中を一冊一冊チェックしながら、内野と純也、双方に意見を求めるように聞いた。それは、数年前に〝セレブ婚〟と騒がれたカリスマモデルが、離婚についてはじめて語ったという告白本だった。

「そうですね、前評判からすると、思ったよりドカンと来なかったんですよね」

内野が言うと、純也もうなずいて言った。

「テレビや雑誌で話題になっても、それが直接売れ行きにつながるとはかぎらないからね」

すると、麻奈実が怪訝《けげん》そうに眉をひそめた。

「そりゃそうでしょ。売れるわけないと思ってた、私」

「そんなこと、大谷さんには聞いてませんから」

麻奈実に横槍《よこやり》を入れられて、内野は不機嫌をあらわにした。麻奈実もますます内野に突っかかって口を尖《とが》らせる。

「だって、ダンナさんが週に三回もハウスキーパーを呼んでくれたけど、私は自分で掃除がしたかったなんて言うのよ」

「何だかんだ言って、読んでるんじゃないですか」

「そうだけど？　悪い？」

内野は軽蔑《けいべつ》的な笑いを浮かべたが、それでいて麻奈実の意見に真剣に耳を傾けているようだった。

「贅沢《ぜいたく》な悩みでしょ？　かえって自慢に聞こえちゃう。掃除しなくていいよ、家のこと何もしなくていいよ、仕事しなくていいよ、なんて言われたら、私だったら喜んでそうしちゃう」

麻奈実の言葉はそのまま、セレブ婚に憧れる多くの女性の本音なのだろうと、翔子は思った。

「でも、本当に自分で掃除したい女性だっているんじゃないですか？」

内野が反撃すると、麻奈実は、ああ、何もわかってないのね、といった顔で肩をすくめた。

「そんなわけないでしょ。彼女だって、最初はうれしかったに決まってるのよ。逆によ、お前は働いてちゃんと稼げ、忙しくても掃除はちゃんとしろ、飯も作れ、なんて言われたらどう？　それはそれで即離婚じゃない！」

「それはそうかもしれないけど……みんながみんな、大谷さんみたいにドライに割りきってるわけじゃないでしょう。本気で男性に尽くしたい女性だって……」

「はいはい、内野さんの好きな男のロマンね」

ぶつかりあう麻奈実と内野に、純也は翔子と目を合わせてふっと笑った。ふたりのバトルには、翔子も純也ももう慣れっこになっていた。

「まわりからセレブ婚とか、ヒルズ族って呼ばれることに耐えられなかったって言うけど、ほんとに彼の人間性が好きだったら離婚する必要もないじゃない？　結局、ダンナがいやになったから別れてるのに」

翔子はもちろん、このモデル本人のことを何も知らない立場ではあったが、彼女の気持ちは何となくわかるような気がした。女性有名人が結婚すると、相手の男性がいかに彼女を愛しているか、どんなにやさしく誠実な人なのか、ではなく、「年収何千万の」「年商何億の」相手だから幸せなセレブ婚なのだ、と報じる。そんな風潮に当事者の彼女がいらだちをおぼえるのが、そんなにおかしいことだろうか。

「でもこのダンナ、けっこうひどいこと言ってますよ。何かにつけて、俺のカネ、俺のカネ、って」

「自分だって、読んでるじゃない」

今度は麻奈実が内野を蔑《さげす》むように笑った。

「私だったら我慢する。どんなにひどいこと言われても。どんないやな男でも」

麻奈実が語気を強めると、内野はどうしても引き下がりたくないといった表情で聞き返した。

「本当ですか。大谷さん、本当に本心で、そう思いますか?」

「思うよ。だって、ヒルズのゴージャスな部屋に住めて、家事も仕事もしなくてよくて、何でも買ってくれるんでしょ。だったら、いやなダンナなんかほっといて、お金とコネだけ使って好きなことすればいいじゃない。そんな生活、捨てる女はバカよ」

きっぱり言いきる麻奈実の顔からは、ふだんの彼女の、ふわふわした女性らしい可愛《かわい》らしさは影を潜めている。翔子はこれが彼女の本心ではない、と信じたかった。けれど、麻奈実のような考えを持つ女性は案外多いのかもしれない。どんな暴言を吐かれても、見向きもしてくれなくても、たとえ暴力をふるわれてもなお、セレブの生活を続けるためなら喜んで耐えるという女性は想像するよりたくさんいるのではないか。翔子は何だか空恐ろしくなって、身震いをするように両腕を抱えた。すると、麻奈実の熱弁に圧倒されるように黙っていた内野が、口を開いた。

「そんな生活、大谷さんだって絶対耐えられないと思います。それに……きっと幸せじゃないと思う」

内野の絞り出すような声に、麻奈実はちょっと身を引いた。

「ふう、内野さんとはいつも平行線ね」

そう言って翔子のほうに向き直り、麻奈実はまたふにゃっと眉を八の字にして微笑《ほほえ》んでみせたが、いつものようにはいかなかった。内野は麻奈実との会話をあきらめて、仕事の口調に戻った。

「幸せなエッセイは売れない、不幸なのは売れるってよく言うじゃないですか。だからこれも、いけると思ったんだけどな」

納得いかない様子ながら内野が首をかしげると、純也が彼の疑問に答えた。

「要は、彼女の不幸は、一般の人には伝わりにくいってことなんだよ」

麻奈実はまだまだしゃべり足りなそうに口をぱくぱくさせたが、純也の言葉にとりあえず一度口をつぐんだ。

「ほらこれが、私たちは貧乏で、四畳半の部屋で、ケンカばかりしていて不幸でしたっていうのなら、一発で伝わるんだろ。でもやっぱりお金があると、それならまあいいかっていう感がかならず出てくる」

「それはそうですよ。誰だって、お金はないよりあったほうがいいもの。ねえ、それは翔子だってそうでしょう？」

麻奈実に言われて、翔子は曖昧に微笑んだ。もちろん、お金はないよりあったほうがいいだろう。お金がないほうがいいなどと考えたことはない。でも、お金さえあればそれで幸せかと言われると、話はぜんぜん違ってくるのだ。

「まったく、強欲な女の人の気持ちは、僕たち男にはわかりませんよね」

純也に同意を求めるように、内野は悔しまぎれの嫌味を言って、ばたばたと返品の作業をはじめた。麻奈実は不完全燃焼のような表情で、真っ赤な表紙のエッセイを手にとって、また段ボール箱に戻した。翔子は、麻奈実と自分との間に決定的な価値観の違いが生まれているのだろうかと考えた。けれど、どうしてもそうは思えない。もし違いがあるとしても、それはほんの小さな、ずれのようなものだろう。

翔子が売り場に戻ると、近隣の高校の制服を着た女の子たちが、ケータイ小説のコーナーに集まっていた。学校の休み時間のように、自分のテリトリーでしか出さない甲高い声を上げながら、ほんのちょっとしたことにいちいち派手に反応する。翔子が学生時代、制服姿で立ち読みしたり、友達と雑誌をめくりながらおしゃべりしたりした書店には、怖い顔で叱《しか》る店主がいたものだが、今はもういない。翔子にできることはただ、彼女たちがこれ以上羽目を外さないように見守ることだけだった。

ひとりの女子高生が『彼方へ・・・』を持ってレジに向かった。彼女が代表して買うことになったようだ。彼女が今手にとった一冊の本が、とてつもない額の大金につながっていく。文字を印刷した紙を綴《と》じた、小さな四角い商品がそんな大金を生み出すのだ。書店は、そんな無限の可能性を秘めた商品を扱っている場所なのだと、翔子はあらためて思った。すると、見慣れたはずの売り場が、まるで別の顔で翔子を見下ろしているような気がした。

「ごめんね、明日のこと」

大輔が仕事帰りに翔子の部屋にやってきたのは夜の十一時過ぎだった。

「いいよ、そんなの、おれもしょっちゅうだし。お互い様だろ」

そう言いながら、くたくたの大輔は力なく笑った。こんなとき、大輔は決して文句を言ったり、がっかりしてみせたりしない。大輔が翔子に対して声を荒らげたことなど一度もなかった。翔子の前にいる大輔は、どんなときも平和主義だった。

「怒ってもいいのに」

翔子は大輔につきあって飲んでいたビールをひと口飲みながら、言った。

「何を？」

「先に約束をしてたのに仕事を入れるなんてって」

「そんなこと言ったって、仕方ないだろ」

「仕方なくても、言っていいの」

「ばっかだなあ」

大輔は、翔子の頭をくしゃくしゃとやって、キッチンのほうへ行った。

「何か食うもん、ある？」

冷蔵庫を開けながら大輔が聞いた。でも、聞いたときにはもう、冷凍庫からジップロックに入ったカチカチの食べ物をいくつか見つけて、解凍する準備をはじめていた。一週間ぐらい前、翔子が適当に作ったドライカレーとご飯だ。

「そんなのでいいの?」

「うん。翔子のカレー、意外とうまいんだよな」

翔子のカレーがおいしいわけではなくて、大輔のあたためかたがうまいのだ。解凍したカレーは一度鍋に入れて弱火にかけながら、バターやココナツミルク、ナンプラーなどを、加減を見ながら加えていく。それだけで何の変哲もない惣菜《そうざい》がたちまち本格的なタイ風カレーに生まれ変わるのだから不思議だ。

「男が浮気する言い訳にさ、よく言うだろ」

簡単な夜食を終え、ビールを飲みながらベッドのへりに頭を載せて、大輔が言った。

「カレーライスは好きだけど、毎日カレーじゃ飽きる。たまにはお茶漬けが食いたくなるのも仕方ない。それとおんなじことだって」

実際に人が言うのを聞いたことがなくても、誰もがどこかで耳にしたことがある、そういう種類の台詞《せりふ》だ。

「あれ、嫌いなんだよな。女を食いもんにたとえるのが」

大輔らしいなと翔子は思った。

「それに、そういうこと言うやつって、今おれ、うまいこと言ってるみたいな顔するし」

うなずいて、翔子がくすっと笑うと、大輔は翔子の肩を抱き寄せた。

「さすがにおれだって、毎日カレーじゃ飽きるよ。けど、女に飽きるっていうのとは違う。女と、食いもんは違うよ」

女と食いもんは違う、大輔はどんな表情で言ったのだろう。翔子は、彼の肩に載せていた頭を動かして、覗《のぞ》き込んだ。すると、大輔の顔が、翔子の顔に向かって近づいてきた。

大輔の唇が、翔子の唇に触れた。翔子は目を閉じて、大輔の唇のやわらかさと湿り気を感じた。こんな、ちゃんとしたキスをしたのが、ずいぶん久しぶりのように思える。大輔の、何でも見極める繊細な舌は、今どんな味を感じているのだろうか。このまま大輔に、おいしそうに食べられたい。翔子は胸の奥が震えるように、そう思った。大輔の体が翔子の上に重なり、その重みを全身で感じる。大輔の、やや速まった心臓の鼓動がじかに伝わってくる。もっと密に重なりあう方法を探すために、翔子の手は宙に浮いた。

大輔の携帯電話が鳴った。社員になって、会社から緊急連絡用に持たされているほうの電話の、着信音だった。口づけていた大輔の唇が、何か大切なものをあきらめるように、最初はゆっくりと、途中からは素早く離れていった。いつの間にか、彼の首にまわしていた翔子の両腕を、大輔が外した。まるで、慣れないシートベルトを丁寧に外すみたいに。

「はい……はい、わかりました……いえ、はい、では」

短い受け答えでも、電話の内容がよくわかった。深夜アルバイトがひとり、急に休んだんだ。悪いけど、今から出てきてくれないか？

「ごめんな」

大輔は、何の説明もせずに、ため息をひとつついた。

「行ってくる」

大輔は、立ち上がって、バスルームとつながっている洗面所の鏡を見て、髪の乱れを手《て》櫛《ぐし》でとかし、変な方向に折れたポロシャツの襟を直した。

「行かないで」

「ごめんな」

大輔はスポーツ新聞がはみ出した斜めがけ鞄《かばん》をつかんで、もう玄関に向かっていた。

「行かないで」

翔子はもう一度言った。

「ごめんな」

それ以外の言葉を一切口にしないと決めているかのように、大輔は同じ抑揚でくり返した。それがさらに、翔子の心をかき立てた。

「行かないで。だって、こんなの、おかしいよ。どうして大輔が行かなきゃならないの？」

色褪《あ》せたスニーカーに足を突っ込む大輔の背中に言葉をぶつけた。

「翔子だって、行くだろ？」

「行かない」

「翔子がおれだったら、行くだろ?」

「行かない」

「でも、明日は、行くんだろ」

翔子が何も答えられずにいると、大輔は、ふうっと一度大きく息を吐き出してから、振り返った。その顔は、笑っていた。

「翔子が明日、行かないなら、おれ、終わったらすぐにここに帰ってくる。朝までには戻れるから、一日中一緒にいよう」

ここで、ためらうことなく、うん、とうなずくことができたら、どんなにいいだろう。でもその選択権は、翔子にはないのだ。翔子は、彼にすがりついて引き止めたい気持ちを抑えて、へなへなと床に座り込んだ。大輔は、下を向いた翔子の頭をくしゃくしゃとやって、さらに明るい口調で言った。

「ごめんな。行ってくる」

大輔の背中がドアの向こうに消えていっても、翔子はしばらくの間、その場で膝を抱えたまま、ぼんやりと深緑の冷たい鉄のドアを見ていた。閉ざされたドアの向こうの世界が見えないように、この恋も、先は何も見えなかった。

「来てくれて、ありがとう」

待ちあわせの時刻より、十分以上早く着いた翔子よりも先に、青木譲二はお台場海浜公園駅の改札口に立っていた。

「おはようございます」

翔子は走り寄って、頭を下げた。彼がいったい、どんな表情で、どんな態度で現れるのか想像がつかなくて、待っている間に心の準備をしようと思っていた翔子は、いきなり調子が狂ってしまった。譲二は、改札に背を向けて、さっさと歩き出した。待っていたのは、翔子ひとりだけのようだった。

「月曜日は診療が休みなんだ。ごめんなさい、僕の予定に合わせてもらってしまって」

「いいえ、わたしも休みでしたから」

かなり早足で歩く譲二についていきながら、翔子は答えた。並んで歩くと、大輔よりも背が高い。

「そうですか。それは本当にごめんなさい」

譲二はさらに申し訳なさそうに翔子を見た。

「こんなに天気のいい、貴重なお休みだったのに。もったいないことをしましたね」

翔子は、自分の心の中を見透かされたのかと、びくっとした。正面に見える観覧車を眺めていて、ちょうどこんなことを考えていたのだ。ああ、せっかく大輔もお休みだったのに、空も気持ちよく晴れているのに、ここにデートで来ているならよかったのに。

「いいえ、ぜんぜん気にしないでください。それよりわたし、この間は……」

「お台場なんて、久しぶりだなあ」

翔子があの夜のことをあやまろうとした言葉を、譲二が遮った。

「ふだん、僕がまったく無縁に暮らしている場所に、こんなに多くの人が来ているのですね」

譲二は面白そうに言って、翔子の返事はかまわず、ずんずん歩いていく。左手を、細身のブラックデニムのポケットに入れているので、羽織っているオリーヴグリーンの薄手のジャケットがそこだけはね上がっている。東京ビッグサイトに行くには、別の最寄駅があったのだが、あえて待ちあわせ場所をお台場に指定してきたのは、譲二がこの辺りをぶらぶら歩いていきたかったからかもしれない。

お台場は平日にもかかわらず、家族連れやカップルでいっぱいだった。けれど、人が多くても、敷地も広いので、混雑はあまり感じなかった。翔子は舗装された広い道路を歩きながら、今日ずいぶん迷ってから、いつも履いているぺちゃんこ靴ではなく、少しヒールの高いパンプスを履いたことをほんの少し後悔した。よく考えたら、行き帰りだけでなく、会場の中も歩きまわるのだから、翔子のチョイスが間違っていたことは明白だった。でも、今朝の翔子は、譲二に対して失礼のない格好をしようということばかりに気をとられていた。ふだんはしわになるのが気になってあまり着ない麻のジャケットに手を通したのも、それがいちばんきちんとして見える夏服だったからだ。

　会場が見えてきて、翔子がそろそろ、この日本最大の展示会である東京国際ブックフェアについて何か話しはじめようかと思ったとき、譲二が急に歩いていく方向を変えた。

「あの、会場はあっちですけど」

　翔子があわてて言うと、譲二は白い歯を見せて笑った。

「せっかく来たんだから、ちょっと遠まわりをしていきましょう」

「でも……」

　翔子の意見など聞かずに、譲二は目的地への道をそれて歩いていく。翔子はここで彼のペースに巻き込まれてはいけない、と心を引き締めた。

「ブックフェアをご案内するのは上司から命ぜられたことですが……それ以外のところへ行くわけにはいきません」

　翔子は勇気を出して一気に口にしてから、おそらく、こんなふうにはっきりとものが言えるのは、一度、本気で言いたいことをぶつけた相手だからだと気づいた。譲二は、翔子の言葉に、うん、うんと何度かうなずきながら聞いていたが、見えてきた建物を指して、言った。

「あれは何？」

それは十年ほど前に出来た大型のショッピングモールだった。翔子は譲二に簡単な説明をしながら、以前、短大の授業が休講になった午後、ひかりに誘われてここを訪れたときのことを思い出した。ひかりは数えきれないほどあるブティックの中から、自分たちに合った店を見つけるのが上手で、ここで彼女と一緒に買ったプリント地のスカートは、今も翔子の気に入りの一着だ。

「吹き抜けの天井に、空の映像が映し出されていて、中世ヨーロッパの街並みみたいになっているんです」

「へえ、ずいぶんくわしいんですね。入ってみてもいいかな」

譲二は興味深そうに言って、若い女性たちやカップルで賑《にぎ》わうエントランスへ入っていく。この場所について、翔子が特別くわしいことなど何もなかったが、これも彼の新しい小説の取材のひとつなのだとあきらめてつきあうことにした。マイペースな人だからこそ、ひとりでもできる歯科医や作家が向いているのかもしれないなどと考えながら、翔子はあとに続いた。

「これが、にせものの空か」

吹き抜けの天井に投影された、うっすらと雲のかかった青空を見上げて譲二は言った。

「にせものの空」

譲二の表現に心を引かれて、翔子は自分も口に出して言ってみた。

「にせものの空ですけど、夕方になるとちゃんと夕焼けになって、夜になると星が出るんです」

「まるっきり、嘘《うそ》でいいな」

　譲二が笑うと、翔子はなぜかほっとする。笑っていない譲二は、人を不安にさせる何かがあった。譲二は、自分のペースでショップをちょこちょこ覗いたり、通りの真ん中に点在する屋台で売り子と話したり、「まるっきり嘘の」石畳の街並みを散歩するカップルを眺めたりしながら、この空間を楽しんでいる様子だった。ときどき、クレープやジェラート、石窯で焼いたピッツァとグラスワインなど、テイクアウトできる食べ物や飲み物を見つけると、翔子に食べるかどうかは尋ねずにふたりぶん買い求める。それらを適当なベンチを見つけて食べるのだが、その順番もめちゃくちゃで、翔子はあっけにとられてしまった。でも、そのひとつひとつが作品の題材となるのかもしれない。そう思って翔子は二度目のスムージーを飲み干した。

「不思議だなあ。ここで出てくるものはみんな、軽くて、色がきれいで、あっという間に消えてしまう」

　そう言って、譲二は何か大きな発見をしたと思い込んだ子供のような顔をした。

「これも、嘘の街だからか」

　翔子にとっては、譲二の存在のほうがよっぽど不思議だった。何を見ても、どこか風変わりなことを口にするこの男性が、どんな思考回路を持っているのか、まったくわからない。彼が書いた小説を読んでいるときだけは、手にとるように作者の思いが伝わってきたのに。館内を一巡した譲二が、もと来た道を戻りはじめて、翔子は正直、ああ、やっとここを出られる、そんな気持ちになっていた。

「これは何だろう」

譲二がふと、足を止めた。若い女の子向けの、きらきらしたアクセサリーや色とりどりのパワーストーンがびっしりとディスプレイされた屋台の前だった。譲二が眺めているのは、白い籠の中にいくつも入れられた、マッチ箱ぐらいの大きさの箱だった。表面にはキリストを抱くマリアが写実的に描かれ、そのまわりには月や星の飾りや紫やオーロラのラインストーンがちりばめられている。

《このお守りは、きっとあなたの望みを叶《かな》えてくれるでしょう。願いを込めて作られたチャームには、愛と希望のモチーフが刻まれています》

若い女の子たちの間で話題になっているという、願いごとが叶うチャームだった。白い籠に貼りつけられた説明書きの横には、この商品を扱った雑誌の記事がいくつか、スクラップされて置いてある。チャームの種類は全部で一五種類、中身は開けてからのお楽しみ。いかにも若い女の子たちが喜びそうなものだ。

「ひとつ、選んで」

「わたしが？」

翔子は思わず譲二の顔を見た。一緒になって、説明書きを覗き込んでいたせいで、彼との距離は意外なほど近かった。翔子は、はじめて男の人とふたりきりで出かけたティーンエイジャーのように顔を背けてしまったことを瞬時に悔やんだ。譲二が小説の取材のために買い求めているだけなのに、どうしてどぎまぎする必要があるのだと、自分に対して腹立たしいような気持ちが湧《わ》き上がった。翔子は無造作に、上のほうに積まれていたマリア像の箱をひとつとって、譲二に手渡した。

「ありがとう」

譲二は、少女漫画のお姫様のように盛り上がった髪形をした売り子に小さな箱を渡し、お金を払った。翔子が思っていたより安い物ではないようだった。翔子は、もっと慎重にちゃんと選べばよかったなどと子供じみた後悔をしながら、飄々《ひょうひょう》とした譲二の立ち姿を眺めていた。

「うん、本物の空はやっぱりいいなあ」

夏の強い日差しを仰ぎながら、譲二はまた白い歯を見せて笑った。翔子もつられて空を仰いだ。それからの譲二は、実に素直な生徒のように、翔子の案内に従って、東京国際ブックフェアの会場を丁寧に見てまわった。ただ、先ほどのショッピングモールに比べたら、その何分の一も興味をそそられていないように見えた。出展者の説明や、作家のトークシヨーなども、関心を寄せて聞いているようで、どこか上の空のようでもある。譲二はこのフェアに来たかった理由について、本の流通や本にまつわるいろいろなことをよく知りたいからと言っていたが、どうやら収穫はあまりなかったのかもしれない。それでも、終了時刻までたっぷり時間をかけて、いろいろな資料を集めたり、各ブースでメモをとったり、実に熱心に見学した。

「お疲れ様でした」

外に出て、翔子が頭を下げると、譲二はまた空を見上げた。

「ああ、もうすっかり夕方ですね」

そうはいっても、七月の午後六時はまだ昼間のように明るかった。翔子は、帰り際にもう一度、おとといのことをきちんとあやまってみようかと考えた。そして、どうして許してくれたのか、どうして取材の同行者として自分を選んだのか、今聞いてみないと、ずっとわからないかもしれない。そう思った。けれど、空を見上げる譲二のすがすがしい表情を見ているうちに、もう、この人にそんな話をするのはよそうと、翔子は思い直した。

駅に向かって歩き出したとき、翔子はある人波の一点に、はっと目を奪われた。ひかりだった。サンドベージュのトップスに黒のワイドパンツをはいたひかりは、少しうつむき加減にビッグサイトの周辺を歩いていた。

「あ……」

驚きの息を漏らした翔子の視線の先を読んで、譲二が聞いた。

「お友達ですか？」

「はい……雑誌のデザイナーをしているので、仕事で来ていたのかもしれません」

海外の雑誌やアートブックなども数多く出展されているから、ひかりが興味を持ってもおかしくない。ここのところ、ひかりと話したいことがたくさんあったが、連日忙しい彼女を煩わせてはいけないと、電話をかけるのも自制していた。それがこんな場所で、偶然ひかりと会えるなんて、天に思いが通じたのかと、翔子の心は躍った。

「声をかけたらどうですか？」

翔子がためらっていると、さらに譲二が言った。

「僕ならかまいませんよ」

翔子は少し迷ったが、譲二の言葉に甘えようと思った。ひかりの歩いている場所まで、まだかなりの距離があったが、少し大きな声を出せば聞こえるかもしれない。翔子はひかりのほうへ駆け出しながら、声を上げた。

「ひかり！」

ひかりは、ちょっと顔を上げて、辺りを見まわしたが、声の主にはたどり着かずにまた、視線を落とした。振り返る周囲の歩行者の視線も気にせず、再び叫ぼうとしたとき、譲二が翔子の肩を叩《たた》いた。

「彼女、ひとりじゃないですね」

そう言われてはじめて、翔子はひかりが、隣を歩く男性とふたり連れであることに気づいた。浅黒い肌の、すがれたオレンジ色のシャツを着た四十代くらいの男性は、おそらく同じ職場の人だろう。

「仕事関係の人と一緒のようなので、声をかけるのはやめておきます」

「そう」

譲二は、じっとひかりたちのほうを見ていた。数歩行ってからも、まだどうしても気になることがあるように、そちらを振り返った。そして、翔子のほうを向いて言った。

「あのふたりは、つきあっていると思う」

「え？」

意外な言葉に、翔子は足を止めた。すると譲二は、翔子にふたりの様子を見せるようにして言った。

「ただの仕事仲間だったら、あんなふうに黙って歩かない」

譲二の言うとおり、ひかりと男性は、無言のまま連れ立って歩いていた。ひかりは、先ほどと同じように、うつむき加減のまま、けれど決して男性と離れずに歩いている。どことなく不自然な感じがするのは、ふたりがひと言も口を利いていないからだった。如才なく社交的なひかりが、あんなふうに黙りこくっているのはおかしい。男性のほうも、一緒にいるひかりに気を遣って話しかけるのが普通だろう。

「長い沈黙が成り立つふたりの間には、かならず親密な何かが流れている」

まるで小説の一節のような台詞を、譲二は口にした。それが既存の作品からの引用なのか、譲二が自分で作り出した文章なのかわからなかったが、真理を含んだ一文は翔子の胸にずしりと響いた。

「あれは誰……？」

翔子は小さく、口に出してつぶやいていた。いつもひかりが話しているボーイフレンドたちのひとりでは決してない、誰か。彼と連れ立ってうつむいて歩くひかりは、翔子の知らない、ひかりだった。翔子は、ついこの間まですぐそばにいた親友や恋人が、みんな揃《そろ》って自分のもとを去っていくような錯覚にとらわれた。自分だけが、大都市の広場にたったひとりで放り出されている。翔子は軽いめまいを感じて、立ちすくんだ。

「翔子さん」

譲二の声が聞こえた。

「大丈夫ですか？」

「大丈夫です」

翔子が努めて平静に答えると、譲二は真っ白な歯を見せて、笑った。

「すみません。もう少し、つきあってもらってもいいですか？」

いた。勝鬨《かちどき》橋の少し手前にあるバーに入ると、カウンターの向こうは小さなマリーナに続いていた。外に出ると、かすかな潮の匂いが鼻腔《びこう》にただよう。段差のあるデッキが続く不安定な足元に、翔子のパンプスの踵《かかと》がぐらりと揺れた。

「はい」

譲二の右手が、目の前に差し出された。ためらう余裕もなく、翔子はその手をとった。

譲二に手を引かれて桟橋を渡ると、定員が四、五名ほどの、白いプレジャー・モーターボートが停《と》まっている。譲二は一度翔子の手を放して先に乗り込んで、また手を差し伸べた。

ボートに片足を乗せたとき、船体が水面に揺れ、翔子は譲二によろけかかるような格好になってしまった。

「ごめんなさい」

「小さな船は安定が悪いから。その代わり、スリリングで面白いんだけど」

「青木先生の、船なのですか」

彼の慣れた様子に、翔子が尋ねると、譲二は笑って首を横に振った。

「歯科医の仲間では、クルーザーを共同所有している奴もいますけど。僕は船舶免許も持っていないから、ときどきここに来て乗せてもらうだけ」

そこへ、ドライバーの青年が乗り込み、エンジンがかけられた。譲二は、翔子に操縦席の前にあるひとりがけの席をすすめた。

「ここが特等席です。帰り、向かい風が強くなったら、後ろの席に移っていいですから」

翔子を座らせると、譲二はドライバーと顔なじみらしくなごやかに言葉を交わした。ふたりの話から察すると、ボートを何人かで貸し切ってナイトクルーズを楽しめるサービスを、このマリーナが主催しているということだった。では、そろそろ出発します、とドライバーが言って、譲二は翔子のちょうど反対側の席についた。ボートは、ゆっくりと走り出した。夏の夕暮れの、少しひんやりした風が心地よい。小さな水門をくぐると、いきなり都会的な夜景が翔子の眼前に広がった。

「右が勝鬨橋、左が汐留、正面が築地。これから隅田川を上って、晴海運河を通って、東京湾に出ます」

地理にくわしいガイドのように話しながら、譲二は暮れた空に浮かび上がる景色を指差した。それは、翔子がこれまで、高層ビルやホテルの最上階ラウンジなどから見たことのある夜景とは、ひと味違うものだった。水上から眺めると、遠近感がなくなって、東京タワーがすぐ近くに見える。

「あれが、永代橋の青いアーチ」

どの橋も、青や緑のネオンでライトアップされて、水面に幻想的な風景が浮かび上がる。屋根のない船で橋の下をくぐるのは、それだけでロマンティックだ。

「きれい」

月並みな言葉しか出てこない自分が歯痒《はがゆ》かったが、翔子はあらゆる方向をぐるぐる見まわしてはうっとりしてしまう。目の前を遮るものが何もなく、風を切って進んでいくのは快感だ。翔子は自分が、自然に笑みを浮かべているのに気づいた。すると、モーター音が徐々に激しさを増し、ボートはだんだんとスピードを上げた。ナイトクルーズという響きから、もっとゆったりとした航海を想像していた翔子は、ふいをつかれて声を上げて笑った。譲二と目が合うと、彼も笑っていた。

「屋形船やヴァンテアンを想像して乗るとびっくりしますよ。どっちかっていうと、遊園地のアトラクションに近いから」

「ほんと」

でも、予定調和のアトラクションよりずっと素敵だと翔子は思ったが、口にはしなかった。

「時速はせいぜい、三五キロか四〇キロぐらいだけど、車なら何てことないスピードが、水上だとこんなに新鮮なんだ」

細かい波しぶきが、翔子の袖にかかる。向かい風に身をまかせていると、自分が今夜、どうして、どうやってここに来たのか、わからなくなる。豊洲、晴海、お台場、どれもなじみのある風景のはずなのに、今夜は特別なものに映る。それはただ、水上から見ているから、だけだろうか。

「自分でクルーザーを持たなくても、こんな気持ちよさを体験できるというのがいいんですよ。所有するだけが贅沢ではないから」

楽しそうに話す譲二の横顔越しに、鮮やかな電飾で飾られた屋形船が何艘も行き交う。

翔子は譲二とふたりきりで、あちらとはまったく別の世界にやってきている。

「小説の中で、若い人の恋愛を描いてみて気づいたのです。東京は、パリやロンドンと違って、恋人同士で一緒に体験できることが少ない」

言われてみれば、そのとおりだ。映画を観《み》て、食事をして、少しお酒を飲んで、特別なときにはディズニーランドへ行って。恋人たちの日常は、それだけではもたない。

「せいぜい、カラオケかボーリング、バッティングセンターぐらいで。それもいちいち、けっこうなお金がかかる。だから、お金がないカップルは何もすることがなくて、みんなどちらかの部屋でゴロゴロするしかない」

翔子はまるで、自分と大輔のことを言われているようでどきりとした。

「でも、ちょっと努力して、工夫すれば、こんなロマンティックでスリリングな夜だって過ごせる。東京だって悪くない、そんな場面が書けたらいいと思って」

今日、譲二が自分の作品について話すのはこれがはじめてだった。

「書けます」

翔子はきっぱりと言った。譲二の人柄も、性格も、言動も、不可解なことだらけだったが、彼の作品については確信が持てる。譲二はこれからも素晴らしい小説が書けるに違いない。

「ありがとう」

謙虚に微笑む譲二は、麻奈実が言うような、億万長者みたいにはぜんぜん見えない。ボートは少しスピードをゆるめて、品川第六台場の脇を進んでいった。思いがけなく訪れた静寂に耳を澄ますと、無数の鳥の声が聞こえる。人がまったく住んでいない人工島だから、鳩《はと》やカモメが安心して集まってくるのだという。ここは、本当に東京なのだろうか。そんな錯覚を裏切るように、きらびやかなレインボーブリッジがもうすぐそこに迫っていた。

船は、レインボーブリッジの下をくぐりぬけた。真下から見上げると、東京でいちばん有名な橋は、ふだんとはまったく別の表情をしていた。東京湾の真ん中で、船はゆっくりと止まった。譲二は翔子の手をとって、後ろのシートに誘った。そこから見渡せば、三六〇度、ステンドグラスのような夜景が途切れない、パノラマの世界だ。

「どうして、わたしをここに連れてきたのですか」

ずっと抱いていた疑問を、翔子は自然と口にしていた。

「翔子さんが、寂しそうに見えたから」

譲二は、翔子の目を、まっすぐに見た。

「大切な人が、みんな自分の知らないところへ行ってしまう。そんな顔をしていたから」

翔子は、もう譲二の読心術のような洞察力に慣れてしまって、さほど驚かなかった。この人になら、心を見透かされても仕方ない。翔子はどこかあきらめたような表情を浮かべた。

「開けてみて」

譲二は上着のポケットから、翔子が選んだマリア像の小箱を差し出した。

「わたしが?」

昼間と同じ言葉を口にする翔子に、譲二はくすっと笑う。

「だって、ここには僕ときみしかいないから」

ためらいながら、翔子は小箱の蓋をそっと開いた。ゴールドの丸い小さなチャームには、天使のモチーフが描かれている。繊細なつくりに気をつけながら取り出してみると、チャームの両端についた細い鎖は、二重になった黒い糸につながっている。どうして糸なのだろうと翔子が疑問に思ったとき、譲二がチャームに手を伸ばした。彼の指は器用に四本の糸を操って、翔子の左手首に結びつけた。

「プレゼント」

「プレゼントなんて、受けとれません」

「じゃあ、今日一日、つきあってくれたお礼に。願いごとをして」

「願いごと？」

譲二は、やさしく微笑んで、静かに言った。

「このお守りは、きっとあなたの望みを叶えてくれるでしょう」

このチャームの入った籠に書かれていた文句だった。翔子ははっとして、左手首のチャームを見た。もしかしたら、これはミサンガのような類のお守りなのかもしれない。この糸が切れたとき、願いが叶う。

「願いごと……」

翔子は、一生懸命頭を働かせようとした。翔子の、本当の願いとは何なのだろう。優秀なチーフになること？　家族や愛する人や友達がみんな幸せでいること？　大輔の仕事が軌道に乗って結婚すること？　もっといい部屋に住むこと？　雑誌で見てひと目惚れした憧れのバッグを手にすること？　一生困らないくらいのお金を手にすること？　それとも、新しい恋、運命の出会い？

「違う……どれも違う」

翔子は、何かを振り払うようにつぶやいた。そして、譲二がすぐ隣にいることを意識して、すぐに言い直した。

「ごめんなさい……何も、思いつかなくて」

そう言って、自分自身をごまかすように笑った。翔子は、譲二が笑っているのかどうかを知りたくて、伏せていた目線を上げた。翔子の視界に、譲二の白い歯は見えなかった。翔子は少し不安になって、彼の顔を覗き込んだ。

「じゃあ、目を閉じて」

言われるままに、翔子は素直に目を閉じた。潮風の匂いがした。譲二の唇が、翔子の頬に触れ、唇の上で止まった。一瞬のあと、はかない口づけは、幻のように去った。ボートはゆるやかに、光の粒子の揺れる水面を滑り出した。

# 第六章

広々としたクッキングサロンには、デモンストレーションに使うメインキッチンのほかに、アイランド式のシステムキッチンが四台、しつらえてある。生徒たちは四人ずつ、四つのグループに分かれて、割り振られた島のそれぞれの位置につく。ドレープやレースをたっぷり使った非実用的で華やかなエプロンをつけ、巻き髪をシフォンのシュシュやシャネルのバレッタでまとめた小ぎれいな奥様たちが、電動ミキサーを卵白の入ったボウルに突っ込み、ものすごい機械音を立ててメレンゲ作りに励んでいる。

「おいしいマカロンを作るコツは、何といっても、卵白をしっかり固く泡立てることです」

いかにもパリ暮らしが似合いそうなハイセンスな三十代の先生は、左手でボウルを巧みに回転させながら、さらに豪快に、右手に持ったミキサーをぐりぐりまわしている。

「白く泡立ってきたら、残しておいたグラニュー糖を入れ、さらに根気よく泡立ててください」

さっきまで黄色がかった半透明の液体だった卵白が、みるみるうちに真っ白な、なめらかな雪のような塊に変わっていく。翔子は、電動ミキサーが発明されていて本当によかったと感謝しながら、腕に伝わってくる振動を支えた。

「ねえ何かあたしたち、けっこう浮いてない？」

隣で、胸当てのないシンプルなカフェエプロンをつけたひかりは、自分たち以外の島を見渡して、小声で言った。翔子の力の入った腕とボウルの中身を交互に見ていた麻奈実は、同じように見まわして、うなずいた。

「だって、ほかのグループ、みんな勝ち組マダムって感じアリアリだもの。はあ、憧れちゃう」

すると、シンクの横でつまらなそうに、アーモンドプードルと粉糖をふるいあわせていた亜耶は麻奈実の顔をちらりと見た。

「クッキングサロンの料理とお菓子の教室に参加するなんて、超ヒマで金持ちの主婦ばっかだよ。そりゃあ、ヒカリンたちがくれば浮くよね」

亜耶と、ひかり、麻奈実は翔子を介して何度か会う機会があったが、初対面のときからほぼこんな〝タメ口〟だった。それでも許されてしまうのは、亜耶の憎めない〝キャラ〟によるものだろう。

「じゃあどうして誘ったのよ。マカロンなんて、あたし一生家で作らない自信ある。だって事務所のすぐ裏にピエール・エルメがあるのよ！」

ひかりがいくらか大きい声で噛《か》みついたので、翔子と麻奈実ははらはらして人差し指を口に当てた。亜耶は、その様子を面白そうに見ながら、言った。

「あの先生、うちの学校の卒業生なんだ。ふだんの授業ばっかじゃつまんないし、今後のためにも来てみたいなって。そしたら、四人グループで申し込んだら在校生はタダになるっていうから」

「何、それじゃ、私たち人数調整のため？」

「いいじゃない、セレブ婚のお手本、見せてあげてんだから」

亜耶に言われて、麻奈実は否定するどころか、深く納得した様子でうっとりと奥様たちの優雅な立ち居振る舞いに目をやった。

「そうよね、間近でいいお手本を見るっていうのがいちばんのイメトレだもん。私も結婚したら絶対、昼間からお料理教室行けるような身分になる！」

「どう、これ、まだかな」

翔子がメレンゲの固さを見てもらおうと、ミキサーを持ち上げたとき、ちょうど先生が自分のボウルを真横にして、中身を生徒たちに見せてまわった。

「こんなふうに、メレンゲの角《つの》がぴんと立って、持ち上げても寝ないくらいまで、しっかり泡立ててください」

お手本の「持ち上げても寝ない」角と翔子のメレンゲを見比べて、三人は一斉に首を横に振った。

「まだまだ」

「角が寝てるもん」

「もっと気合入れてやらないと、マカロンがぺしゃっとするよ」

「そんなことを言うなら自分でやって」

そう言いながら、翔子はまたミキサーのスイッチをオンにしたが、本心は違っていた。何か、手を動かしていたほうがいくらかでも気が紛れて助かるのだ。何もしていないと、つい、譲二との不可思議な一日と、船上での一瞬のキスを思い出してしまう。そして、翔子を待ち受けていた、その日を締めくくるには最悪に近い結末も。

「お帰り」

大輔のやさしい声に、非日常の世界をただようような心地でいた翔子は、ようやく現実に引き戻された。翔子の部屋の前に座っていた大輔は、帰ってきた翔子を見てうれしそうに立ち上がった。お互い、ひとり暮らしの部屋の合鍵を渡さないのは、ふたりの間でどちらからともなく成立した約束ごとだった。

「どうしたの？」

翔子はドアのずいぶん手前で立ち止まって尋ねた。大輔が事前の連絡もなく部屋まで会いに来るなんて、何か月ぶりのことだろう。

「別に。どうもしないけど」

大輔は笑顔のまま答えた。翔子は、いつもと変わらない素振りでバッグからキーケースを取り出し、ドアの鍵を開けた。けれど大輔は、すでに翔子の様子に、いつもと違う何かを感じていたはずだ。

「昨日のこと、あやまろうと思って」

「いいのに、そんなこと」

翔子は玄関の中に入った。後ろから続いて入ってくる大輔のためにドアを開けていたが、彼はドアの前に立ったままだ。

「どうしたの？」

また、翔子は聞いた。

「翔子こそ、どうしたの？」

今度は、大輔が聞いた。翔子は、必死で自分に言い聞かせた。何も、やましいことなどしていない。あれはただの、偶然のアクシデントなのだ。

「これは？」

大輔が指差しているのは、翔子の手首に巻きつけられたチャームだった。その天使のモチーフに大輔が触れようとしたとき、翔子はとっさにその手を避けて、左手を引っ込めた。

「そっか」

さばさばと言って、大輔はふっと息を吐き出した。

「今日は帰るよ」

そのまま、一度も翔子を振り返らずに、大輔は廊下を歩いていった。翔子にはどうすることもできなかった。追いかけることも、待って、と叫ぶことも。もし大輔が戻ってきたとしても、今夜彼の前でずっと平静を保つ自信はまるでなかった。翔子が静かに閉めたドアは、何かに引っかかって数センチの隙間を残して止まった。下を見ると、茶色の紙袋が置いてある。持ち上げると、ほんのりと温かい。中を覗《のぞ》くと、大きめのタッパーに何かを煮込んだ料理が入っていて、《Ragoût de chou au lard》と鉛筆で書いた、ラベルシールが貼ってあった。

すぐに部屋に戻って、短大時代に使っていた仏和辞典で調べると、その料理が〝豚ばら肉とキャベツの煮込み〟であることがわかった。確かこの前、翔子がおまけにプレゼントしたレシピ本に載っていた料理だ。大輔は、朝方仕事を終えて仮眠をとってから、スーパーマーケットに出かけて材料を買い、半日がかりでこの料理を作ったのだろう。

以前はよく、新しいメニューや試作のオリジナル料理を作ると、こうして手書きのラベルを貼って持ってきてくれた。ふだん、写メールやプリクラにはまったく興味を示さない大輔が、そういうときばかりはまめに料理を物撮《ぶつど》りしたり、食卓の様子を写したりする。

そんな大輔を見るたびに翔子は、ああ、本当に料理が好きなのだな、とあらためて感じた。今夜もこの料理をふたりで、一緒に試食するつもりで待っていてくれたのだ。なのに、後ろめたさが先に立って、翔子には彼の気持ちを考える余裕などまるでなかった。ふがいなさに、悲しい涙がこみあげる。

そのとき、天使のチャームが目に入った。いっそ引きちぎってしまおうかと、翔子は巻かれた糸に右手をかけて強く引いた。でも、黒い糸は意外な強度で手首の皮膚に食い込んだ。でも、翔子は気づいていた。自分が、本当に心からこのお守りを外してしまいたいと思ったなら、今すぐにでも鋏《はさみ》で切ってしまうことができるのだと。

「翔子ちゃん、それ、どこで買ったの?」

何色もある食用色粉を、パレットに絵の具を載せるように、試しに全種類出してみていた亜耶が注目していたのは、ボウルを支えている翔子の左手だった。

「それ、『ViVi』に載ってた。願いごとが叶《かな》うチャームだよね」

「どれどれ?」

ひかりと麻奈実も身を乗り出した。

「ああ、あたしも見たことある。口コミで広がったお守り特集みたいなページで」

ひかりが翔子のチャームに手を触れながら言った。

「めずらしくない? ねえ、翔子にしては、ミーハーだもん」

麻奈実の言葉に、翔子はまた曖昧に笑って、答えた。

「うん、たまたま、ね」

気がつくと、ボウルの中のメレンゲは、やや艶を失い、石鹼《せっけん》の泡のように固まっている。翔子はミキサーを止めた。そこへ、先生が生徒たちの進行具合を見まわりながら近づいてきた。

「家庭用の手動ミキサーでは、泡立てすぎることはまずありませんから安心して」

上品なマダムたちに声をかけながら、先生はふと、翔子のボウルに目を留めた。そして、もっとじっくり見ようとするように歩み寄った。

「もし、ボウルを斜めにして、卵白全体がボウルから剝がれ落ちるようだったら、泡立てすぎ、失敗です」

そして翔子のボウルを手にとり、生徒たちに掲げて見せた。

「こんなふうに」

先生の言葉と同時に、翔子の力作のメレンゲが、円盤のような形のまま、ぱかっと外れた。一同呆然《ぼうぜん》となった次の瞬間、四人は同時に吹き出した。先生の協力もあって、ほかのグループに数十分遅れながら、翔子たちのマカロンは無事、完成した。店頭のガラスケースの中に並んでいる夢のようなお菓子とは似ても似つかない不格好な出来栄えだったが、鮮やかなオレンジ色に焼き上がったマカロンは、ほのかにパリの香りがした。

「そうだ、翔子。あれ、どうだったの？　青木先生との取材！」

試食タイムになって、先生のいれてくれた花の香りのする紅茶を飲みながら、麻奈実が言った。

「月曜日だったんでしょ？」

「うん、ブックフェアに一緒に行ったよ」

翔子は内心びくびくしながら答えた。

「それで結局、ふたりきりだったの？」

「うん」

「え、じゃあランチとかしたの、ふたりで？」

「ううん、ランチって感じでもなかったけど……」

興奮してきた麻奈実の興味をそらそうと、翔子は別の話題を探したが、間にあわなかった。

「何、そんな話、あったの？　ぜんぜん聞いてない」

麻奈実に事情を聞いたひかりが翔子をちらりと睨《にら》んだので、翔子は大急ぎでマカロンを飲み下し、弁解した。

「言おうと思ったけど、ひかりが忙しくて電話に出てくれなかったんじゃない」

翔子はあわてて言い訳した。その言葉は嘘《うそ》ではない。譲二と会った日、大輔が帰ってしまったあと、こらえきれずにひかりの携帯電話を鳴らした。けれど、電波はつながらなくて、何度かけても同じだった。まだあの男性と一緒なのかもしれない。そう思ってあきらめたのだ。

「あ、それってケータイ王子のこと？」

亜耶の言葉に、麻奈実が飛びついた。〝王子〟という単語にめっぽう弱いのだ。

「ケータイ王子！　青木先生にぴったり！」

はしゃぐ麻奈実を尻目に、亜耶は冷静に翔子の表情を見て言った。

「もしかしてそのチャーム、ケータイ王子のプレゼントだったりして」

「違うってば」

否定するのが早すぎて、かえって怪しまれているのがわかる。特にひかりにはすぐに見破られたはずだ。ひかりの追及を受けたら最後、翔子があらいざらい、全部白状してしまうのは時間の問題だった。

「ごめんね、あたしここんとこ、ほんとハードでさ。翔子の電話だけじゃなくて、誰の電話も出られてないのよ」

けれど予想に反してひかりは翔子に何も聞かなかった。むしろ、ほかの話題に持っていこうとしているようだった。

「でもさ、あんな億単位のお金稼いじゃって、どうするのかな、ケータイ王子」

麻奈実がまた、話の筋を引き戻した。

「もう、地道に虫歯の治療なんかするの、いやになっちゃうんじゃない？　もちろん、歯医者さんだってセレブだけど、ケタが違うもん」

「うん、人生狂わされなきゃいいけどね」

亜耶が大人ぶった口調でつけ加える。麻奈実はますます夢見心地のまなざしになって、妄想を広げていく。

「でも今の青木先生と結婚できたら、いいとこ取りよねえ。彼女とか、いるのかなあ」

「いるでしょ、フツー。いなきゃ変人だよ」

「いいなあっ、今頃、新車のフェラーリの助手席に乗ってたりして！」

翔子は、紅茶のカップを静かにソーサーに戻した。

「あのね、ちょっと違うと思う」

「えっ？」

三人に同時に見つめられて、翔子は口ごもりながら言った。

「ほかの、急にお金持ちになった人がどういうふうになるかは知らないけど……青木先生は、そういうタイプじゃないと思う」

「ふうん？」

亜耶はすかさず、翔子を意味ありげな表情で見た。

「えっ、タイプが違うってどういうこと？」

「うん……麻奈実が思っているような、セレブとか、そういう感じじゃないの、ほんとは」

翔子が彼の年収などよりずっと気になっているのは、譲二の目の奥にある、どこか寂しそうな緑色がかった光なのだった。このお守りは、きっとあなたの望みを叶えてくれるでしょう。譲二の声が、耳元から離れない。

「あ、大変。私、そろそろ行かなきゃ」

麻奈実がばたばたと帰り支度をはじめた。

「何かあるの？」

ひかりが聞くと、麻奈実は眉をふにゃっとさせて可愛《かわい》く笑った。

「この間合コンで知りあったＩＴ関係の人と、ちょっといい感じなの。デートの前に、美容院予約してるから」

去り際に麻奈実は翔子の肩をぽんと叩いて言った。

「ケータイ王子は高嶺《たかね》の花みたいだから、私は私で地道に結婚活動するわ」

翔子は、少しほっとしながら、じゃあね、と麻奈実を見送った。

「バッカみたい」

麻奈実の後ろ姿が、エスカレーターの向こうへ消えたとたん、亜耶が言った。

「ひとりの金持ちをつかまえて、それで一生安心なんて、あの人本気で思ってるのかな?」

翔子は意外に感じた。亜耶の言動の端々からも、男性を金づるとしてしか見ていないようなドライな恋愛観が見てとれるからだ。

「亜耶ちゃんは、思わないの?」

翔子が聞くと、亜耶はふだんからよくする、うんざりしたような表情をつくった。

「思わないよ、ぜーんぜん。だって、ゲットしたダンナがいくらお金持ってたって、そんなの、会社がつぶれたり、不祥事起こして失脚したり、脱税バレたりしたら終わりでしょ」

「もっと資産家ならいいってこと?」

今度はひかりが聞くと、亜耶はまた首を横に振った。

「資産なんて、彼の両親がボケたり寝たきりで長生きしたりしたら、あっという間にパアだよ。そうじゃなくても相続税で全部持ってかれるし、アヤはそんなの超ムリ」

亜耶の話を聞いているうちに、麻奈実のほうがよっぽど夢見る少女のようだと翔子は思った。

「アヤは、もっと確実に自分の幸せは自分でつくる」

翔子は亜耶がここまでの考えを持って東京に出てきたとは思っていなかった。学歴よりも、フードコーディネーターの資格を選んだのも、彼女なりの計算があるのだろう。

「まず自分で稼げるシステムがっちり固めて、自分ひとりで管理できる財産を持たなくちゃ。本当の金持ちっていうのは、すぐに自由になる現金がいくらあるかだよ。土地とか建物とか、宝石やブランド物なんて、いくらあってもダメ」

淡々と持論を語る亜耶に、翔子とひかりは顔を見合わせた。まだ二十歳を過ぎたばかりの彼女の人生設計が未熟で穴だらけなのは当然のことだが、根本の何か大切なことが欠如しているように思える。幸せかどうかは、お金があるかないかではなく、愛があるかないかで決まるはずではないか？　そんな理想論も、彼女にかかれば鼻で笑われてしまうのだろう。先生の片づけを手伝うために、手を振って席を立っていった亜耶は、また、ごく普通の生徒の顔に戻っていた。

「ブックフェアの会場の近くで、ひかりを見かけたの」

帰り道、ふたりで歩きながら、翔子は言った。ひかりははっとしたように、答えた。

「ああ、翔子も行ってたんだっけ。声、かけてくれればよかったのに」

「うん、かけたんだけど、届かなかったの」

「そうだね、あんな混んでるなかじゃね」

ひかりの、少し早口になった返事からは、この会話をさらりと流したい気持ちが伝わってきたが、翔子は質問せずにいられない。

「一緒に歩いてた人、誰？」

ひかりは、バッグをごそごそやって、携帯電話を取り出してメールをチェックするような動作をして時間を稼いだ。そして、ゆっくりと口を開いた。

「ああ、たぶん、会社の上司か誰かじゃないかな。何人かで一緒に行ったから、どの人かわからないけど」

口にした瞬間にすべてが嘘だとわかるような声色だった。答えるまでの数秒間に、ひかりは何を考えたのだろう。どうやってごまかそうか、それとも本当のことを話そうか、それともどんな嘘をつこうか、迷ったのだろうか。短大時代からずっと、こちらが断っても無理やり彼氏を紹介してきたひかりなのに。あのふたりは、つきあっていると思う。譲二の声が、また耳元で響いた。あの夕暮れに感じた孤独感が、フラッシュバックする。

「そう」

明らかに彼女の様子が変だと確信しても、それ以上問いかける余裕は翔子にもなかった。あのときからずっと、胸の辺りがざわざわして、落ち着かないのだ。

「翔子こそ、ケータイ王子様とふたりっきりじゃ、大変だったんじゃない？」

ひかりは自分の話題をさっさと引き上げて、言った。

「翔子のことだから、緊張して、真面目にいろいろ考えて、あれこれ段取って」

そう言って翔子をなごませてから、ひかりはいきなり核心を突いた。

「でもそういうの全部、裏切られたんじゃない？　今回は。かなりの自己チューでしょ、その人。翔子にそんなもの贈るぐらいだから」

ひかりは翔子の左手首を指して、大人びた笑みを浮かべた。大輔のこと、譲二のこと、仕事の立場、ひかりに全部聞いてもらって、いくつか参考になるアドバイスをもらって、すっきりできるならどんなにいいだろう。でも、ひかりに打ち明けられるほど、翔子の気持ちは整理されていなかった。

「大輔くんによろしくね」

ひかりは最後にそう言った。翔子に起こった変化に気づいている証《あかし》だった。そして、ひかりがそれ以上何も聞かないのは、彼女自身にも聞かれたくないことがあるからだった。


「えらい上機嫌だったよ、青木さん」

秋元がやってきたのは夕方、早番の仕事を終えた翔子が着替えをすませて、事務室を出ようとした頃だった。秋元はちょっとシニカルな笑いを浮かべながら、手にした禁煙補助剤をシートから一個取り出して、噛みはじめる。秋元から、定期的に禁煙を試みる話は聞くが、成功した話は一度も聞かない。

「今井さんとの取材はとても成果があったって。翔子には悪かったけど、全体的に見るとまるく収まったよな」

秋元の言うとおり、あの取材に行ったおかげで、譲二のトークショーの話は順調に進み、山崎もすこぶる機嫌がよかった。翔子のミスも、いつの間にかうやむやに、むしろプラスに働いた結果になっていた。

「ブックフェアのあと、ずいぶんあちこち、いろんな本屋、見てまわったんだって？」

「あ……はい……」

自分の知らない事実にあせりながら、譲二が秋元に、あの日は一日、書店の取材をしたということにしている事情は何とかのみ込めた。さすがに、ふたりきりでナイトクルーズをしたなどとわかったらお互いにまずいだろう。今までそんなことにも気がまわらなかったなんて、どれだけぼうっとしていたか、翔子は自分自身にあきれた。ここは素直に譲二の配慮に感謝すべきだ。

「最初はさ、なんで翔子に取材なんてつきあわせるんだろうって思ったんだけどね。理由を聞いて、なるほどと思ったよ」

理由。翔子自身も皆目わからないその理由を、秋元は知っているのだ。翔子はそれが知りたくてじりじりするほどだったが、秋元が禁煙補助剤をすっかり噛み終えて取り出すまで、たっぷり待たなくてはならなかった。

「今度の小説の主人公が、書店員の女の子なんだってね」

秋元の言葉に驚いて息をのんだのを、気づかれていないことを願いながら、翔子はそろそろと息を吐き出した。そんな話は初耳だ。でもそれでは嘘のつじつまが合わない。

「そうらしいですね」

翔子は平静を装って話を合わせた。譲二の作り話なのか、それとも本当のことなのか、真偽がわからなかった。

「だから、これからもちょくちょく翔子に会って話を聞きたいらしい。かまわない？」

翔子の知らない間に、どんどん話が先に進んでいる。まわりから徐々に固められていくような感覚に、翔子の焦燥感は高まった。ただ、このとき翔子の意識はある一点に集中していた。これでまた、少なくとももう一度、譲二と会えるという事実に。会える？　翔子は自分の心に浮かんだ言葉を反芻《はんすう》した。ああ、これでもう一度会えると思うなんて、自分は果たして彼に会いたかったのだろうか？　この状況を、喜んででもいるのだろうか。譲二と再会することへの期待と不安は、ほぼ同量のバランスを保っていた。

「もちろん、なるべく勤務時間中で、店内か、近くの喫茶店で話す程度のこと。山崎店長にはこっちからお願いしておいた」

「それで、店長は何て？」

山崎は今朝から店長会議に出かけていて終日留守だった。こうして事務室で秋元とざっくばらんな話ができるのもそのためだ。

「もう、二つ返事でオッケーだったよ」

そう言って秋元はにやっと笑って、山崎の口調と、もみ手するような仕草を真似《まね》ながら言った。

「あんな人気作家の小説のモデルになれるなんて、彼女も光栄だろう……ってさ」

翔子はどうにも身動きがとれないこの状況に困り果てた。でも、今さらあとに引くこともできない。

「あの店長のことだから、もしその本が出来上がったら、この本の主人公はうちの書店にいます！　なんてポップ書いて大々的に売り込むんじゃないか？」

秋元はまたにやっと笑って、ポケットに手を突っ込んだ。禁煙補助剤なら、さっき嚙んだばかりだ。ひとしきりごそごそやって、気のすんだ様子の秋元は、翔子の反応をうかがいながら、言った。

「もし困ったことがあったら、何でも言って。この間のことは荒療治で仕方なかったけど、ここからは対等な仕事だから」

「はい。ありがとうございます」

翔子は秋元と顔を見合わせて、微笑《ほほえ》んだ。彼の大人の気遣いをうれしく思ったが、何も話せないのは同じだった。

「でさ、今日、このあと何かある？」

今日も、大輔に会える見込みはなかった。あの夜以来、大輔からは何の連絡もない。翔子のほうから何度も電話をしようとしたが、うまくタイミングがつかめない。メールであやまろうかとも思ったが、さらに誤解が広がりそうな恐怖があって、なかなか実行に移せない。

「いいえ、別に何も」

「じゃ、ちょうどよかった」

そのときスマートなノックの音がして、ドアが開いた。

「ああっ、お待たせお待たせ、翔子ちゃあん」

瑞穂が、翔子に飛びつくように勢いよく入ってきた。

「お待たせって？」

翔子が聞き返すと、瑞穂の代わりに秋元が答えをくれた。

「今回のお詫《わ》びとお礼に、一杯おごろうと思ってさ。でも、店長や俺を通したら言いにくいこともあるかなと。それで選手交代。瑞穂姉となら一応女同士だし」

「一応は余計よ、ねえ？」

瑞穂はカーキ色のアイシャドウをぼかしたまぶたを弓なりに細めて、人懐っこく笑った。

ふたりをこんなに心配させていることは心苦しかったが、気にかけてもらうことはやはりうれしかった。大輔は今、翔子のことをほんの少しでも気にかけているだろうか？

長い一枚板のバーカウンターの前には、天井までの壁一面に巨大な水槽が埋め込まれている。妖《あや》しくライティングされた青い水の中を、ネオンカラーの熱帯魚やウツボ、ハタタテダイなどが多彩な表情をふりまきながら優雅に泳いでいる。

「彼女には季節のフルーツのカクテル。私にはマルガリータ、スノースタイル半分でちょうだい」

バーテンダーが、かしこまりました、と言って準備にかかると、瑞穂は金色のプラダのハンドバッグからシガレットケースを取り出し、細巻きのシガーに火をつけた。

「ときどき来るの、ここ」

ハイウエストできゅっと絞ったデザインのスーツをまとった瑞穂は、心からリラックスした表情を見せた。

「思いっきり、バブル引きずってるでしょ？　リーズナブルでロハスな店っていうのもいいんだけど、やっぱり元気が出るのよお、こういうとこ」

翔子がちょっと緊張して背筋がぴっと伸びてしまうようなスタイリッシュなバーが、瑞穂にとってはじゅうぶん落ち着けて、ほっとする空間なのだ。

「バブルのときはね、毎日がお祭り騒ぎだったのよ。まっすぐ家に帰るなんてあり得なかった。私の上司なんて、ほとんど毎晩パーティの予定が入ってるし、急に呼ばれることもあるしって、結局、毎日パーティ仕様の洒落《しゃれ》たスーツで会社に来てたわ」

スポットライトの中をゆったりとのぼっていく紫煙の行方を目で追いながら、瑞穂は過去の風景を眺めているようだった。

「翔子ちゃんは、その頃まだ学生だったでしょう」

「はい……小学生から中学生にかけて、くらいだと思います」

そうは言いながらも、翔子がそうはっきりと実感しているわけではない。あくまでも計算してみるとその年頃だろう、というだけだった。瑞穂は、天を仰ぐような動作をしてから、翔子をまぶしそうに見た。

「ああ、大いなる時の隔たりね！　私は当時二十代の真ん中、そう、今の翔子ちゃんぐらいだった」

ちょうど翔子と同い年の瑞穂は、どれほどの華やかさと輝きを持ってこの店で飲んでいたのだろう。翔子はタイムスリップしてその活気ある空気を吸ってみたいと思った。

「男も元気があったのよねえ。大それた夢と野望がいっぱい、根拠のない自信に満ちあふれてて」

確かに、瑞穂の同年代や年上の男性は、その頃の自信の片鱗《へんりん》を残している人が多いように思う。それが、現代にはそぐわない尊大さと映ってしまうこともあるけれど。

「それに引き換え、翔子ちゃんと同い年くらいの男の子はいちばんかわいそうな世代よ」

「かわいそう？」

翔子の脳裏に、ドアの前から去っていった、大輔の寂しそうな横顔が浮かんだ。

「子供のときがいちばん景気よくて、一応家族でハワイとか行ったことあるんだけど、いざ自分が大人になってみたら不況、不況でどこも進入禁止。大きな夢を持って社会に出てきた男の子はみんなフリーターかワンコールワーカー、あるいは引きこもりに」

瑞穂の説得力のある分析に、翔子は深くうなずいた。

「じゃあ、わたしの彼は、せめて引きこもらなくてよかったってことなんでしょうか」

「そうよ！　がんばってるのよ、彼だって。それに、大丈夫、いい女がついてるしね」

瑞穂は大きな身振りで翔子の肩を抱いた。目の前に、ショートカクテルがふたつ、置かれた。マルガリータのグラスのふちには、ちょうど半分だけ塩がつけられている。翔子のグラスはうっすらときれいなピンク色で、ほのかに甘い香りがする。バーテンダーは微笑み、旬のイチジクのカクテルでございます、と告げた。

「わあ、イチジクね。素敵。きっと気に入るわ」

瑞穂は満足そうに微笑し、翔子とグラスを合わせた。ひと口飲むと、さわやかな甘さとかすかな酸味が絶妙においしい。使われているお酒は、ジンだろうか。大輔に飲ませたら、すぐにレシピを言い当てるだろうなと翔子は思った。

「瑞穂さんはその頃、どんな恋をしていたんですか？」

「ええっ、私の恋バナなんて興味あるう？」

やや唐突な翔子の問いに瑞穂はおどけて、マルガリータを塩のついていないところに口をつけて飲んだ。

「夜とお酒の勢いで、けっこうな数の恋をしてきたけどね。ううん、数でいったら、実らないほうが多かったかしら」

「瑞穂さんが、ですか？」

翔子が聞くと、瑞穂は、またまた、といったふうに翔子の肩を叩《たた》きながら言った。

「とにかく背伸びしてたから、二十代の私。簡単に手に入る男なんてつまらなかったの。で、無理めな男に絞っていくと、最後は妻子持ちのオンパレードになっちゃうのよお」

瑞穂があまりに明るく言うので、翔子も笑ったが、その中にはきっと、涙にくれるつらい恋もたくさんあったはずだ。

「結婚したいと思ったことはなかったんですか？」

「なかったわけじゃないけどね……途中で気づいたの。最後に妻の座を手に入れるのは、もっと、ぜんぜん違うタイプの女なんだなあって。私みたいな潔い女は向いてないのよね！」

そう言って、瑞穂はまたシガーに口をつけた。そんなせつない恋のひとつひとつが、今の瑞穂の、強靭《きょうじん》な精神力と洗練された魅力をつくり上げてきたに違いない。

「世の中は盛り上がってたのに、アッシーだ、メッシーだ、三高だって……ふふ、死語よね、もう」

「いいえ、聞いたことあります」

翔子は今夜、一軒目に入ったイタリアンレストランで飲んだワインがだんだんと効いてきて、ふんわりと酔いがまわってきていた。

「送り迎えや、ご飯をおごってもらうだけの彼をキープする女性は最近あまりいないかもしれないけど……三高の定義は今も共通する理想の条件なんじゃないですか」

瑞穂への敬語がだんだん怪しくなってきたのに気づきながら、翔子は饒舌《じょうぜつ》になった。

「身長が高い、学歴が高い、収入が高い……今の、玉《たま》の輿《こし》願望の女性たちにもそのまま当てはまりますよね」

瑞穂は、微笑んでうなずきながら翔子のつたない話を聞いたあと、今度は塩のついているほうに口をつけてマルガリータを飲んだ。

「翔子ちゃんがそう思うのはわかるけど、実際はそうじゃないの」

瑞穂はぴりりと効いた塩のように、きっぱりと否定した。

「当時、三高の男性を求めていた女性たちは、今の玉の輿ねらいとぜんぜん違うのよ」

瑞穂は、仕事の大事な局面でしか見せないような真剣な表情で言った。翔子はてっきり、あの時代が、今の拝金主義のはじまりなのかと思っていた。今も昔も、女たちの欲望にはきりがないのだとも。

「何がいちばん違うかっていうと……女性たちのほうにも向上心があったということか

な」

「向上心……」

「自分自身、もっといい仕事がしたい、もっといい女になりたい、もっといい生活がしたい。みんな、強く願っていたの。その結果として、そんな自分に似合ういい男とつきあいたい、その願望が三高だったわけ！」

そのときふと、昔のきらきらした瑞穂の姿がふわっと目に浮かぶような気がした。

「でも、今の女性たちは自分自身を本気で向上させようなんて思ってない。見てくれや上辺《うわべ》をつくろって、とにかく金持ちの男をつかまえて、それにぶらさがって、自分はラクして生きていこうとしてるだけ」

かなり手厳しい意見を口にしているのにもかかわらず、瑞穂の表情はこの上なくやわらかで、やさしかった。ストレートな発言の向こうには、女性たちへの愛があふれている。

「だから、むなしいの。さもしいの。品がないの。だから嘆かわしいのよ、今の若い女の子たち見てると」

瑞穂の言うとおりだと翔子は思った。自分が彼女たちに感じていた不調和は、このことだったのだ。瑞穂を見ていればよくわかる。〝あの時代〟の女性たちは、選び抜かれたブランド物の服やバッグを身につけて、それがステイタスにもなっているけど、決してそれらに「着られてしまって」いない。そのブランドに負けないように自分を高め、誇りを持って生きてきたからだ。

「翔子ちゃんは、いいわ。私とも、彼女たちとも、ぜんぜん別の道をしっかり歩いてる」

そう言って、瑞穂は翔子のグラスにもう一度、自分のグラスを合わせた。

「そんなこと、ないです」

翔子は言った。

「そんなこと、ない？」

「はい。わたし、ぜんぜんしっかりしてないんです。ちょっとしたことですぐにぐらぐら揺れて」

ぐらぐら揺れた不安定なボート。にせものの空。人工的な街。行ってしまったひかり。帰ってしまった大輔。気になって仕方がない、口づけの相手。

「どうしていいかわからない」

翔子はふいに泣きたいような気持ちになった。

「自分が今、どこを歩いているかもわからない……どこに行きたいかもわからない」

翔子は昔から、自分の目の前に来たことを受け入れる形で進んできた。進学も、就職も、そして恋愛も、いつも自分で大きな決断をしたというよりはそのときそのとき目の前にあるものをすんなりと享受してきた。瑞穂のように、もちろん不本意なことも経験しながら人生を開拓してきた女性たちから見れば、腹立たしいような安直な道のりかもしれない。

けれど、それが翔子の人生の歩き方だった。

「いいじゃない、わからなくたって。揺れたって。ぐらぐらしたっていいじゃない」

瑞穂は静かに言った。

「ひとつ、私の経験から言えるのは……最後に残るのは、好きっていう純粋な気持ちだってこと。仕事も、男もね」

翔子は今、大輔と、「好き」という純粋な気持ちだけでつきあっているだろうか？　経済力や将来の展望がないことで、大輔という人間を見る目が少しずつ変わってきているのではないか。そして、譲二と会ったとき、彼の向こうに存在するとてつもない金脈を、決して一度も、ちらりとも見なかったと誓えるのか。わたしだけは流されない、流されない、そう思い込んでいる自分こそ、気づいたら波にのまれていちばん遠くまで流されているのではないか。

「あ、もうひとつあった」

瑞穂は、いいことを思いついたように言った。

「億万長者を億万長者として見ずに、ひとりの男として見ることができる人しか、億万長者を落とせない」

瑞穂は、言い終えてから明るく、なんてね？　とつけ加えて笑い飛ばした。ある程度、的を定めて放った言葉ではあったが、意外にも中心を貫いてしまった、そんなばつの悪さからかもしれない。

翔子の歩いてきた道は、今ちょうど、曲がり角に差しかかっている。これから、翔子の目の前に開ける道はどんな道だろう。そして、その道はどこへと続いているのだろう。翔子は心の内側でそっと、途方に暮れた。

# 第七章

カシュクールの胸元が開きすぎていないか気にしながら、モノクロのプリントワンピースに身を包んだ翔子は、外苑西通りを歩いていた。
《六本木通りを渋谷から来て　西麻布交差点を左折　二股に分かれるのでそれを左方向へ信号を渡ったところにつぶれた喫茶店　その隣》
手にした走り書きのメモ用紙を見て、翔子は顔を上げた正面にシャッターの閉まった喫茶店を確認した。その向こう隣に、オープンテラスが開放的なレストランが見えた。あそこだ。簡潔ながら、とても親切でわかりやすい道案内に、翔子のこわばった心がふっとゆるんだ。
ところが信号が青に変わって、一歩を踏み出したとき、また先ほどまでの緊張が蘇《よみがえ》ってきた。レストランに着いたら、まず店の人に何と言えばいいのだろう？　目指す店のエントランスがあでやかな南国の花で飾られているのを見て、さらに翔子の足の運びは重くなった。ガラス越しに、精一杯さり気なく店内を見渡そうとしたが、翔子を待つ、彼の姿は見えない。観念して、翔子はガラス張りのドアを開いた。

「いらっしゃいませ」

《Manager《支配人》》という肩書きのネームプレートをつけた、タキシード姿の男性は、実に愛想よくにこやかに翔子を迎えた。けれど、彼は一瞬で、翔子がこんな高級なレストランに来たことがない客だということを見抜いているはずだ。翔子が思案した結果、待ちあわせです、と口に出そうとしたとき、支配人は丁重に頭を下げた。

「お待ちいたしておりました、今井様」

自分の名前を呼ばれて、翔子は少しひるんだ。早く、こんな一流の接客サービスを、居心地よく感じられるようになりたいと思った。

「今夜はプライベートルームでお待ちです。ご案内いたします。どうぞ」

翔子は支配人の示すとおりに、今入ってきたばかりのドアを出た。プライベートルーム。個室ということはわかるが、どうして一度外に出るのだろう？　髪を丁寧になでつけた支配人は、背筋を伸ばしてすっすっと歩き、隣のビルに入っていく。翔子はなるべく戸惑いを見せないように気をつけながら、ただついていく。知らない人に、知らないところに連れていかれるような、奇妙な感覚。

エレベーターの扉が開き、翔子が先に乗り、あとから支配人が乗って閉まった。マンション仕様の収容力の小さい箱の中にふたりだけになる。どうして隣のビルに来たのですか？　どこに向かっているのですか？　そんな疑問は、口に出せない。まさか、こんな日立つ場所の、きちんとした店で、何も起こるはずがないことは周知の事実だ。けれど万が一、これから何らかの事件に巻き込まれると仮定したら、翔子の足取りをたどる捜索はなかなか困難なものになるだろう。なぜなら、今夜ここに来ることを、翔子は誰にも告げていないからだ。

五階に到着し、無事に扉は開いた。毛足の短いオフホワイトの絨毯《じゆうたん》が敷き詰められた一流ホテルのような廊下を、支配人は突き当たりまで歩き、ドアが一〇センチほど開いている部屋の前で、止まった。

「こちらでございます」

洗練された所作に導かれ、また、翔子が先に中に入った。室内には段差がなく、靴は脱がなくていいようだ。翔子は、おずおずと部屋にサンダルを履いた足を踏み入れた。玄関から続く照明を抑えた通路は、ほんの短い距離なのに、とても長く感じられる。ここを抜けたら、どんな部屋が待ち受けているのだろう。キャンドルの灯《あか》りが揺れる、秘密めいたほの暗い空間だろうか。翔子の緊張は高まった。

知らず知らず伏せていた目線を上げると、そこには、心地よい明るさの空間が広がっていた。二〇畳ほどのモダンなリビングの中央に、真っ白なテーブルクロスのかかった四角いテーブルが置かれ、その奥の席に、カジュアルなローゲージのニットを着た譲二が座っていた。

譲二は、入ってきた翔子を見るやいなや、ぱっと輝くような笑みで喜びをあらわにした。その笑顔を見た瞬間、翔子も何のためらいもなく満面の笑みをみせた。それが、心底ほっとしたせいで増幅された感情だと自覚してはいたが、翔子は譲二に会えたことが素直にうれしかったのだ。よかった。会えて、よかった。

「来てくれて、ありがとう」

譲二は、はじめて待ちあわせしたときと同じ台詞《せりふ》を口にした。支配人が、譲二の向かい側の椅子を引き、翔子はそこに腰かけた。あらためて部屋を見まわしてみると、部屋のあちこちにカサブランカのアレンジメントが飾られ、洗練されたシャンデリアのクリスタルの輝きがその美しさを引き立てている。ため息が漏れるようなインテリアに、麻奈実のいうセレブって、いつもこういうところでご飯を食べている人のことを言うのかしら、と翔子は思った。

「取材だから静かな席でゆっくり話をしたいって言ったら、ここはどうかとすすめられて」

取材。そうだった、譲二が翔子をここに呼んだのは、もちろん取材のためなのだ。安堵《あんど》するとともに、がっかりもしている自分を、翔子は密《ひそ》かに恥じた。そんなわかりきったことを、ほんのひとときでも忘れかけていたなんて。

「何だか、有名人ぽいよね、こういうの」

　譲二は、照れたように笑った。すると、シャンパンを開ける準備をしていた支配人が、翔子とふたりでいたときには決して見せなかった親しみのある表情で答えた。

「もうすっかり有名人じゃないですか、青木さん。早くサインをもらっておかないと、手の届かないかたになってしまいますね」

　支配人の言葉を、もう、やめてよ、などと軽く受け流す譲二は、とてもくつろいで見えた。きっと、作家になる前からこの店の常連なのだ。よく考えてみれば、支配人自らがゲストを部屋に案内し、飲み物を振る舞うなどということは、相当の上客でなければあり得ないことだろう。

　小気味よい音を立ててシャンパンの栓が抜かれ、まず翔子のグラスに注がれた。今まで見たことのないラベルのものだ。ふたりのグラスを金色の泡で満たすと、支配人は、ごゆっくり、と言って部屋を出ていった。

「何に乾杯しようか」

　先ほどまでの翔子なら、こんな甘い響きのある台詞に、もっと舞い上がってしまったかもしれない。けれど、翔子は心を引きしめて言った。

「素晴らしい作品が出来上がりますように」

　翔子は譲二と、取材で会っているのだ。それも今夜で最後になる。最後だから、仕事場を離れて外で食事でもしながら話そう。そう彼が提案したのだった。この数週間、譲二は歯科医院の休診日にはかならずシティライフブックス渋谷店を訪れていた。くれぐれも翔子の仕事の支障にならないように配慮しながら、一緒に店内を見てまわったり、事務所や仕入課などのバックヤードの機能について説明を受けたり、新刊の搬入や返品手続き、レジ接客など、書店員のひと通りの仕事を自分の目で確かめた。

そして、翔子へのインタビューも毎日重ねられた。なぜきみは書店員という仕事を選んだの？　小さい頃、どんな子供だった？　いちばん好きな本は？　仕事のいちばん好きなところと嫌いなところ。お客を恋愛対象に見たことがある？　書店員になってよかったと思うのはどんなとき？　譲二の質問にひとつひとつ答えながら、翔子も自分にとっての書店員という仕事を再確認していった。

「翔子さんのおかげで、本当に効率よく必要な題材を集めることができた。ありがとう」

ふたりはシャンパングラスを合わせた。翔子は、今までに飲んだことのある数少ないシャンパンとはまるで違う、強い木の香りを嗅いだ。

「いいえ。わたしも、とても楽しかったです」

翔子が今、朗らかでいられるのは、譲二との取材のおかげかもしれない。あれからひと月近くが経《た》つのに、翔子はまだ大輔とまともに話せていなかった。勇気を出して、休みの日や早番の日を知らせても、こんなときにかぎってまったく彼のシフトと合わない。もし、彼の告げてきたスケジュールに嘘《うそ》があったらどうしよう、などと余計なことを考えてしまうと、大輔の仕事場を訪ねてみる勇気もなかった。

もしかしたら、ひかりや麻奈実がよく口にする、自然消滅という恋の終わりは、こんなふうに訪れるのかもしれない。このまま、大輔と別れてしまうのだとしたら、自分はそれでもいいのだろうか。こんな答えの出ない問いかけを頭の中でくり返している翔子にとって、譲二と過ごす時間は唯一、充実したひとときだった。

「あとは僕が書くだけだ。さあ、どんなものに仕上がるか」

譲二がわくわくした表情で語るのを翔子はうれしく見守った。飲み物はシャンパンから白、ロゼ、赤のワインに変わり、ひと皿ごとに運ばれてくる料理をふたりで楽しんだ。ズワイガニのテリーヌやフォアグラのポワレなど、濃厚な風味を持つ前菜がほんの少量ずつ載せられた皿や、旬の野菜を彩りよくあえたさっぱりしたサラダ、リー・ド・ヴォーと茸《きのこ》のソテーや、タラの香草蒸しなどをシェアして食べた。

翔子はワインだけでなく、何もかもはじめての世界に酔いしれていた。こんなラグジュアリーな空間で、多くの人が憧れるような男性と、楽しくおしゃべりをしながら素晴らしく美味な食事をとっている自分が、他人のように思える。ここに座っているのがなぜ自分なのか、わけがわからなくなる。けれど今夜だけは、何も考えず、今この瞬間の幸せをちゃんと味わおうと思った。こんな夢のようなひとときは、すぐに終わってしまうのだから。

「小説が書き上がったら、いちばんに読んでもらえる？」

譲二は、翔子の目をまっすぐに見て言った。それは、簡単に即答できるような問いではなかった。作家にとって、最初の読者は重要な存在だ。担当の編集者、もしくは信頼する配偶者、いずれにしろ作品に対して確かな目を持つ識者だろう。ひとりの書店員に過ぎない自分が、そんな大役を引き受けていいものか、翔子は戸惑った。

「わたしで、いいのですか？」

「翔子さんだからいいのです」

テーブルをはさんで、ふたりははにかむように微笑《ほほえ》みあった。

「わかりました。今回は、書店員が題材ですから、わたしにも役に立てるかもしれません」

すると、譲二は、そうじゃないといったふうに、首を横に一度振った。

「いいえ」

譲二の顔からは笑みが消え、翔子をときどき不安にさせる真剣な表情が浮かんでいた。

「この作品だけじゃない。僕はずっと、どんな作品でも、翔子さんにいちばん最初に読んでもらいたい」

翔子は、譲二の、吸い込まれるような緑色がかった瞳を見つめた。

「どうして」

翔子は言った。そして、ずっと聞きたかった質問を口にした。

「どうして、わたしなのですか」

譲二はふっと表情をくずして、ワインを飲んだ。

「本当は、自分でもわかっていたんだ」

譲二は覚悟を決めたように、話しはじめた。

「ケータイ小説家はほかの作家とは違うってことを。もちろん、きみの言ったとおり、ツールが変わっただけじゃない、ケータイで書いた小説は、従来の小説とまるっきり別の種類のものだってことも」

翔子は、あのとき言葉足らずだった真意を伝えたかったが、まず譲二の話を全部、聞いてからにしようと思いとどまった。

「だけど、本が売れて、社会現象になったら、もう誰もそんなことは言わない。売れたらケータイ作家も先生だよ。そこで心から喜べる人はいい。でも僕は違った」

譲二が少し顔をゆがめるたびに、翔子はこんな質問をしなければよかったと後悔した。けれど、聞かなければならない。聞かなければ、譲二の言葉に何も答えることはできない。

「恥ずかしいからこそ、くだらない理屈を並べた。すぐに見破られる、でも、誰も見破ろうともしない。降って湧いた事故か天災みたいな存在だから、なだめたりすかしたりしながら過ぎ去るのを待とうってわけさ」

突然のベストセラーと自分の人気を、実に淡々と受け止めているように見えた譲二が、こんな苦いとらえ方をしていたことを、翔子ははじめて知った。

「きみはそれを、真正面から言ってくれた。きみだけは、僕を色眼鏡で見なかった。そしてきみだけは、僕の本をちゃんと読んでくれた。本当は、誰も見ていなければ飛び上がりたいくらいうれしかったんだ。どうしていいかわからなくて、あんな態度をとってしまったけど」

譲二が打ち明けてくれた真実に、翔子は心を打たれた。あのとき、譲二は怒って出ていったのではなかったのだ。ずっと翔子の心にうっすらとかかっていた雲が、晴れていった。

「はじめは、印税を受けとることさえ抵抗があった。まわりの見る目が変わったり、見ず知らずの人にうらやましがられたりすることに戸惑っていた。でも、きみと会っているうちに、気持ちが変わった。今の境遇に踊らされて舞い上がるのはいやだけど、素直に成功を喜びたいと、そう思えるようになった。僕はきみに救われた」

救われたのはわたしのほうなのに、と翔子は思った。

「だから僕と、ずっと一緒にいてほしいんだ。きみが読んでくれるなら、僕はいつまでだって書き続ける」

これは、どういう意味だろう？　ずっと、どんな作品でも、いちばん最初に読んでほしい。ずっと、一緒にいてほしい。譲二の、心から懇願するような、愛の告白ともとれる台詞と、端々からにじみ出る愛情に翔子は引き込まれそうだった。引き込まれて、もう二度とそこから出ていきたくないとさえ思う。

「よろしければ、デザートはあちらのお席でいかがですか」

美しく盛りつけられたデザートのよく冷えたガラス皿を運んできた支配人が言った。

「あちらの席?」

翔子が顔を上げると、支配人は、天井から床までたっぷりと生地をとった光沢のあるクリーム色のカーテンを静かに開いた。

「わあ……」

翔子は思わず立ち上がって、窓辺へ歩み寄った。その向こうには、リビングと同じくらい広々としたルーフバルコニーが続いていて、デッキには真紅の花びらが美しく散っている。ティーカップのような形のゆったりしたジャグジーと、その向こうにはガラスのテーブルとふかふかのソファまでしつらえてある。急に雨が降ってきたらどうするのだろうと無用の心配をしながらも、テレビや映画の中でしか見たことのない、南国リゾートのスイートルームみたいだと、翔子はうっとり眺めた。

「どう? 気に入った?」

翔子は言葉も出せずにうなずいた。ガラスのテーブルにデザートとキャンドルがセットされ、翔子は譲二に手を引かれて、ソファに並んで座った。外に出てみると、まわりをオフィスビルに囲まれた、秘密の空中庭園にいるようだ。この人と一緒にいたら、こんな贅《ぜい》沢《たく》な場所にも慣れていくのだろうか。でも、この人とならどんな場所でも安心していられる。翔子はうっすらと思った。

「素敵。こんな素敵な夜があるなんて、知らなかった」

翔子は、夜空を見上げながらつぶやいた。

「ずっと、ここにいたいくらい」

「いてもいいよ」

譲二はこともなげに言った。

「どうして？」

すると譲二は、翔子の大好きな白い歯を見せて笑った。

「今の僕は、きみがここに住みたければ、いつでも買ってあげられる」

本当にそうだ。今の譲二には、翔子の望みを叶《かな》えるなんて、簡単なことなのだ。女性なら誰でも一度は夢見るような憧れの暮らしでも、明日にも実現させられるのだ。ふと目を落とすと、譲二に贈られたチャームが、翔子の手首をさらりとなでた。願いごとをしなかった翔子には、いったい何を叶えてくれるのだろうか。

「いや、でも本当に住むなら、もっと広くて、部屋数があったほうがいいな。このジャグジーで風呂に入るわけにいかないし」

ふたりは現実味のないルーフバルコニーで笑いあった。笑いがふと途切れたとき、譲二が言った。

「南国のリゾートホテルみたいな部屋が好きなら、本当に南国のリゾートを旅すればいい。バリ、モルディブ、タヒチ、ハワイ、パラオ」

「行ってみたい」

「行こうよ」

譲二は、空想の冒険旅行を計画している少年のように、屈託なく笑った。

「もう少ししたら、何年も遊んで暮らせるお金が僕のものになる。使わないでとっておいたら大変なことになるって税理士に言われたよ。ごっそり税金で持っていかれる前に、できるだけたくさん使わなくちゃならない」

翔子には、さっぱり縁のないからくりだったが、お金がありすぎるのも大変なのだろうなと漠然と想像はつく。そうでなければ、一度着た服は二度と着ないとか、ほんの少しの距離なのに飛行機をチャーターするとか、一泊何百万もする部屋に一週間も泊まるとか、そんな馬鹿げたことをしようとは誰も思わないだろう。

「だけどあいにく、僕はこれといって趣味もない。車も一台あればじゅうぶんだし、家をいくつも建てたいとも思わない。放っておけば仕事をしてしまうから、お金は減るどころか増えていく」

譲二は、そっと、ソファの上の翔子の右手を握った。

「ただ、旅行ならいい。ものが増えないし、見識が広がる。行ったことのない国に行ってみたい。行ったことのある国にももう一度行ってみたい。今なら、どんな場所からも、物語がはじまりそうな気がする」

どんな場所からも、物語がはじまる。これが、譲二の心が紡《つむ》ぎ出す言葉なのだ、と翔子は思った。譲二の小説にも、こんな心に残るフレーズがあふれていた。

「一緒に、世界中をまわろう」

「わたしと?」

「ここには、きみと僕しかいないから」

ボートの上でも、空中庭園の上でも、譲二はいつもマイペースで、穏やかな微笑をたたえている。

「きみとなら、きっと楽しい」

あなたとなら、きっと楽しい。翔子も同じことを思う。けれど、こんな夢物語のような誘いの受け止めかたを、翔子は知らない。

「取材旅行だと思えばいい。この前取材に同行してくれたみたいに。次の作品の舞台になる街を、一緒に探しにいこう」

もう、黙っているのも限界だった。自分が思わず返事をしてしまったらどうしよう、と翔子は焦燥に駆られた。今、はい、と言ったら、ここは本物の南国リゾートに変わるのだろうか？　もしそうなったら、大輔は？　仕事は？　人生は？　ぐるぐると記憶の断片が頭の中をまわっている。きっと自分は、酔ってまともな判断力を失いかけているのだ。翔子はテーブルの上のグラスをとって、ミネラルウォーターをひと口飲んだ。翔子はぎりぎりのところで理性を取り戻した。

「今日は、これで帰ります」

翔子は消え入るような声で、やっとそれだけ言った。譲二は何も言わず、やさしくうなずいた。翔子はまた、ほっとしながら、がっかりしている自分に気づいた。

ふたりがプライベートルームを出てくると、通りには譲二を迎えに来たタクシーが停《と》まっていた。

「送っていきます」

譲二が翔子を振り返って言った。取材の合間の雑談で、譲二の家とは帰り道が同じ方向だと知っている。けれど送ってもらったら、もっとずっと一緒にいたくなってしまいそうだった。

「ここで、待っていて」

翔子が返事をする前に、譲二はそう言ってレストランへ足を向けた。エントランスに、支配人がシェフを連れてきたところだった。シェフがわざわざ譲二に挨拶するために出てくるのだと、翔子はぼんやりとその光景を見ていた。すると、店の中から、もうひとつの人影が現れた。いくつになっても、Tシャツやポロシャツ、ボタンダウンのシャツにジーンズのような身なりがしっくりする、学生のような雰囲気のシルエット。

「翔子」

若者の人影は、翔子を見て足を止めた。

「大輔」

翔子は、ただ呆然《ぼうぜん》と立ち尽くした。なぜ大輔がここにいるのだろう。それ以上、何も考えられなかった。翔子の脳は思考を停止し、錯乱しそうな心を守っているようだった。五メートルほどの距離を保ったまま、お互いに立ち尽くすふたりの様子に、譲二が気づいた。そして大輔のことを、支配人に目線だけで尋ねた。

「ああ、彼は、うちの料理人募集を見て来たんです」

支配人は、にこやかさをくずさないまま答えたが、大輔のほうにちらりと迷惑そうな視線を送ったのが見えた。

「シェフ志望だとかで……でもまあ、うちの厨房《ちゅうぼう》に入るにはいろいろ、必要な経験がありまして。残念ながら今回は縁がなかったのですが」

大輔がここにいる理由に、翔子はもっと早く気づくべきだった。翔子と会わない間、大輔は、多忙な仕事の合間を縫って、就職活動をはじめていたのだ。夢に向かって一歩を踏み出してから、翔子の前に姿を現そうと決めていたのかもしれない。三年間もいちばん近くで大輔を見てきたのに、彼のそんな心の変化も感じとれないなんて。ひどい恋人だ、と翔子は思った。見つめあい立ち尽くすふたりを交互に見て、譲二は翔子のほうへ歩み寄った。翔子が先に大輔から目線を外した。

「どうする？　乗っていく？」

譲二は、先ほどと同じ温度で尋ねた。翔子は、それでも返事ができない。譲二は、翔子に何も聞かなかった。数秒のあと、あきらめたようにふっとため息をついて、譲二はタクシーに乗り込んだ。ドアが閉まる前に、譲二は笑顔で言った。

「返事なんて、いつでもいいんだ。小説が出来上がるまでに、まだずいぶん時間がかかるから」

棒立ちの翔子を残して、タクシーが走り去った。いつの間にか、支配人もシェフも店の中に入り、翔子と大輔だけがふたつの点のように残された。

「見慣れない服だな」

大輔が言った。

「この前買ったの」

翔子は答えた。

「そうか」

大輔は、いつも翔子が新しい服を身につけたときにするように、ちょっとまぶしそうな目をして眺めた。

「大人っぽいな、今日の翔子」

大輔が翔子のほうへ歩いてきて、ふたりは一緒に歩き出した。

「ここで食事してたの？」

「うん」

「あの人と？」

「うん」

「何で？」

「仕事なの」

翔子は答えた。ずっと、大輔と会って話したかったのに。大輔と話したいのは、もっと別のことなのに。

「そんなことも翔子の仕事なの？」

「うん」

「翔子、書店員じゃなかったっけ」

決して翔子を非難するような口ぶりではなかったが、浮ついた気持ちを見抜かれたようで、かえって胸が締めつけられた。

「仕方ないの、そういうことになっちゃって」

「翔子、いつもそう言うよな。仕方ないって」

そう言った大輔は、笑顔だった。けれど、ふだんとは違う種類の笑顔だった。

「自分にたまたま、災難が降りかかっただけって顔して。でも、ほんとはそうじゃないんじゃない？」

翔子は、歩きながら下を向いた。何も言い返せない。大輔の言うとおり、翔子は今夜、自分の意思であのレストランに行くことを決めたのだ。仕事だから断れない、なんて自分の中で言い訳をつくって、いつもより大人びた服を着て、頬を少し上気させてやってきたのだ。

「なあ、翔子はどうしたい？」

大輔の横顔が、行き交う車のヘッドライトに照らされた。大輔は前方を見たまま、表情をまったく変えずに言った。

「おれは、ずっと一緒に歩いてると思ってたけど……翔子はもう違う道を歩いてるのか。もう、おれの隣を歩いてないのか？」

歩いている、と答えたかった。でも、答えたら、大輔を裏切ってしまうような気がした。黙っている翔子に、大輔はぽつりと言った。

「これから、どうなるんだろうな、おれたち」

　通りが陸橋の下に差しかかって、大輔の言葉は車のノイズで途切れ途切れに聞こえた。まっすぐ一本道のように見えていたふたりの未来は、ここでふた手に分かれてしまうのだろうか。

「大輔、わたしは……」

　大きなクラクションが、その先を遮った。大輔がもう一度、翔子の言葉に耳を澄まそうとしたそのとき、翔子のバッグの中で、マナーモードの携帯電話が震えた。このくぐもったモーター音が、大輔の耳に届かないことを願った。翔子の希望と裏腹に、車の往来が途切れた通りは一瞬しんと静まりかえった。

「出たほうがいいよ。仕事の電話かもしれないから」

　乾いた声で大輔が言った。翔子が電話に出られないわけを、もう大輔も気づいているはずだった。執拗《しつよう》な呼び出しが続くなか、大輔は翔子にくるっと背を向けて、足早に歩いていく。追いかけようと、数歩行きかけてから、翔子は迷うように足を止めた。今の自分に、大輔を追いかける資格はない。小さくなっていく大輔の背中と、逆の方向に歩き出しながら、翔子はうなり続ける携帯電話をとった。

　ベッドに横たわる親友の顔は、びっくりするほど細く、青ざめていた。シーツの白が、その青さを際立たせているようで、翔子は持っていた花柄のハンカチを枕元に置いた。

「ごめんね」

力なく、ひかりが言った。ううん、と翔子は首を横に振った。

「まさか、親は呼べないからさ。ごめんね、デート中だったんじゃない？」

こんなときまで翔子のことを思いやって、ひかりは精一杯明るい口調でなごませようとする。翔子はまた、ううん、と首を振った。何か口に出したら、翔子のほうが泣いてしまいそうだった。ふたりの横で、点滴が鼓動よりも速い速度で時を刻み続けている。

「まったく情けないわ……救急車なんて乗ったの、生まれてはじめて」

ひかりの病状は急性胃炎だった。医師の説明によると、何日も食事をとっていないうえに、大量のアルコールを摂取したようだ。所見では、特にどこも悪いところはないが、精神的にかなり参っている。うつ病の疑いもあるから、後日、神経内科で診察を受けてほしいということだった。

「今夜、彼と会ってたの」

ひかりは、視線を天井に放り投げたまま、言った。

「彼……」

翔子が小さくくり返すと、ひかりは微笑らしいものをつくった。

「あたし、うちのボスとつきあってるの。二年、ちょっとかな。黙ってて、ごめん」

翔子の脳裏に、あの日、ひかりの隣を歩いていたあの年上の男性の姿が浮かんだ。そして、黙りこくったまま、うつむき加減に歩いていた、いつもと違うひかり。

「彼、奥さんと、子供が三人もいるの」

それが、この恋を二年以上も親友の翔子に打ち明けなかった理由に違いなかった。翔子は学生時代、ひかりと恋愛映画を観《み》たあとに、不倫の恋について話したことを今も覚えている。結婚しているのに、ほかの女の人を好きになるような男の人って、はじめから自分にそれを許している部分があるんじゃないかな。心のどこかで、それを求めているような。そういうところが、わたしはいやだと思う。そう言った翔子に、ひかりは言った。でもし、好きな人に奥さんがいるとわかったからって、すぐに気持ちを止められるものかな？　女のほうでブレーキかけなきゃいけないなんて、何か不公平じゃない？

不倫をする男性への嫌悪感をあらわにする翔子に対して、ひかりは妻帯者に恋をした女性の立場に立っていた。ずいぶん長いこと、十九歳のふたりはそれについて気ままに意見を交わしあい、最後にひかりは笑いながら言った。翔子はきっと、大人になっても不倫なんか絶対しないわね。

「アートディレクターで、まあそれなりに稼いではいるんだけど、奥さんに給料がっちり握られちゃってるから、おこづかい制？　情けないんだ、いっつもお金なくて。会社では、仕事のできるかっこいい上司なのに、情けないの、あたしの前では」

そんな、誰にも見せない弱みを、自分だけに見せてくれるという優越感は、ほんのひととき、ひかりに幸福感を与えたかもしれない。けれど、それだけで長く幸福でいられるほど、ひかりは強くも、弱くもなかった。

「ふたりで会えるのは仕事が終わってから、朝方までの間だけ。深夜までやっているレストランでワインを飲んだり、ホテルでルームサービスとって朝まで過ごしたり、夜中にドライブして海を見にいったり。土日も会えないし、昼間のデートもできないけど、楽しかった。彼もはじめのうちは見栄《みえ》を張って、当たり前みたいに全部払ってくれて。でも、半年ぐらい経ったらもう、白状してね。それからは、あたしが食事や飲み代おごることも多くなった。だんだんグレードが下がっていって、レストランは居酒屋になって、ホテルは……さすがに、はじめてラブホ代自分で出したときはヘコんだわ。あたしったら、お金払ってしてもらってるのかな？　なんて。でも仕方なかった、あたしたちには居場所がなかったから」

そんなにしゃべらなくてもいいのに、と声をかけたかったが、ひかりはせかされるように話し続けた。この二年間、自分の胸にしまっていたものを、全部吐き出そうとしているみたいだった。

「だから、ひとり暮らしをしようと思って、部屋を探していたの。中目黒にいい物件を見つけたから、今日、彼に見てもらおうと思って連れていったの」

束《つか》の間《ま》、そのときの気持ちを思い出したように、ひかりの声に弾むような抑揚が生まれた。

「びっくりさせようと思って、内緒でアパートの前まで行って、不動産屋さんに鍵を開けてもらって。部屋に入って、どう？　って。そしたら、北向きの玄関はよくないとか、近くに大きな通りがあるからうるさいとか、水まわりが古いとかいちいち文句をつけて、あきらめさせようとするの」

ひかりは、ふふふっとおかしそうに笑った。

「それでもあたしが、ここがいいの、ここでひとりで暮らすの、と言ったら、彼、やめてくれって。お前が家を出ないことだけが救いなんだ、なんて言うの。結局こわいのよ、自分の責任になるのがね」

ひかりの顔から、引きつったような笑いは消え、また青白い影に包まれた。

「そんなことされても、おれは家賃を払ってやることもできないし、だって。家賃を払ってもらおうなんて、そんなこと、あたし考えてもみなかったのに。ただ、居場所が欲しかったの。小さくても、ふたりでいられる、ふたりだけの場所があれば、きっともっと楽しくなると思って」

翔子が大輔とのことで悩んでいたとき、あたしだったらすぐにでも一緒に住んじゃうのに、と言ったひかりは、きっと彼と一緒に暮らすことを想像し、重ねあわせていたのだろう。独身同士の翔子たちのことなど、どんな問題があろうとも、何の壁もないように映ったに違いない。

「彼はずっと夢を見ていたかったの。現実に、あたしの部屋というふたりの居場所が出来てしまったら、もう夢ではすまされないものね」

翔子にとって、相手の男性の身勝手さに、腹を立てるのは簡単なことだったが、ひかりの気持ちを考えれば決して見せてはいけない感情だった。

「でも逆にね、あたしにとっては、その部屋が唯一の希望の光だったのよ。それを反対されて、そのあとあたし、かなり飲んじゃって。帰り、道でぶっ倒れたんだと思うの。ここんとこ忙しかったし、あんまり寝てなかったし。気づいたときには彼が救急車を呼んでくれてた。あたし、すごく具合が悪いのに、うれしかったのよ。彼があたしのためにしてくれたことが。今日だけはきっと、朝まで病院で付き添ってくれるんだろう、なんてぼんやり考えてた」

翔子はただ、ひかりの話を聞くことだけに集中しようとした。でも、それはとてもむずかしかった。聞けば聞くほど、さまざまな感情が胸に押し寄せてきて、座っているのもつらかった。

「担架で運ばれて救急車に乗ったとき、彼が見えなかったの。あたし聞いたの、一緒にいた人はどこですかって。そしたら、その人は帰りましたって。乗ってくださいと頼んだけど、通りすがりの者だから勘弁してくれって、言ったんだって」

　ひかりの目から、ひと筋の涙がゆっくりとこぼれていった。ガラスのかけらのような涙の粒は、翔子の置いたハンカチの上ににじんだ。その同じとき、翔子の両目から、大粒の涙がこぼれ、おろしたてのワンピースを濡らした。ひかりは翔子の涙に気づいて、明るい調子を取り戻そうと努めた。

「そりゃあ、そうよね。病院で、名前を書かされたりして、何かでおうちに知られたら大問題だものね。そう、仕方ないのよね」

「仕方なくない」

　翔子はきっぱりと言った。

「ひどい。誰が何と言おうと、ひかりがどう思おうと、彼は、ひどいよ」

　翔子の声はかすかに震えていた。

「たとえ、家に帰らなくちゃならないどんな理由があったって、彼は帰るべきじゃなかった。こんなひかりを置いて、帰るべきじゃなかったよ」

「翔子……」

　ひかりは、点滴をしていないほうの手で枕元のハンカチをとって、懸命に翔子の涙を拭こうとした。届かない宙に浮いた手を、翔子はしっかりと握りしめた。彼女の心の痛みに、もっと早く気づいていたら、この涙をいくらかでも減らすことができたのだろうか。それからしばらく、ふたりは黙ったまま、体を震わせて泣き続けた。

「どう思った、翔子。あたしを、軽蔑《けいべつ》してる？」

まだときどきしゃくりあげながら、ひかりがひとり言のように言った。

「してない。軽蔑なんて、するわけないよ」

翔子は、ひとまわり細くなった親友を見つめた。

「わたしは、ひかりの味方だから。ひかりがどんな恋をしたって、それは変わらない」

ひかりは、うん、うんと何度かうなずいて、また少し泣いた。

「ひとつ聞いていい？」

翔子は、少し落ち着きを取り戻したひかりに尋ねた。

「彼が離婚する可能性は、どのくらいあるの？」

ひかりは、まったく表情を変えずに答えた。

「ゼロ。それか、限りなくゼロに近い、一パーセント」

その事実を、ひかりが自覚しているだけでもよかったと思わなければならないのだろう。彼は、翔子から見てひどい人ではあるけれど、平気で守れない約束をするほど不誠実な人ではないのだから。

「子供もまだちっちゃくて、奥さんは専業主婦で、離婚なんて考えられるわけないの、わかってるし。彼との間に未来なんて何もないの。今さら仕事で有利になるってこともない

なのだ。
るわけでもない。ひかりにとっては、交際していても何の利点もない、彼はそういう相手
結婚できる可能性もない、仕事で優遇されるわけでもない、経済的に安定させてもらえ
し。デメリットにはなってもね」

「でも、愛してるの」
ひかりは、乾いた声で言った。
「彼とずっと一緒にいられるためならどんなことだってしたい。あたし、彼の奥さんへの
慰謝料のために働いたってかまわない、なんて思うのよ、信じられる？　彼を愛していて
どうしようもないの。この愛さえあれば、あたし、本当に何もいらない」
ひかりの、胸の奥からしぼり出すような告白に、翔子は言葉を失った。ひかりは彼に、
何も求めていないのだ。そこには、過去も未来も、後先のことは一切考えず、打算も計算
もない無垢《むく》な愛情だけが、静かな輝きを放っていた。望むのは、ただこの愛だけ。そんな
思いをしたことが自分にあるだろうか？　翔子は、純粋な愛の前でこんなにぼろぼろにな
っている親友が心からうらやましかった。

「今井さん」
ふいに名前を呼ばれて振り返ると、純也が立っていた。

「松尾さん、おはようございます」

開店前の棚の整理をしていた翔子が応えると、純也は少し曖昧に笑った。

「いい棚になったね」

純也は、翔子の後ろの、ケータイ小説とライトノベルの棚を眺めて、言った。一週間ほど前から、何度も並べ替えたり、追加発注した本を補充したり、作家別に分けたり、細かいジャンルに分けてみたり、翔子が納得のいくまで整理した棚だった。

「ありがとうございます」

純也に褒められるのは、素直にうれしかった。

「結局、僕は一冊も完読できなかった」

純也は、ケータイ小説の《書店員のオススメ》の棚にそっと触れながら言った。

「駄目だな、僕は。今の時代に生まれて、書店員の仕事をしているのに、時代に抵抗ばかりしていて。前は、今井さんも僕と同じところに立っている人かと思っていたけど、きみは見事にこの時代の仕事をしたよね」

「そんな、わたしはただ……」

純也は、あわてる翔子を見て、いいんだといったふうに手を振った。

「それも、仕方なく流行《はや》りに便乗したのではなく、ちゃんと自分のやりかたで。今井さんをチーフに抜擢《ばってき》した山崎店長はさすがだよ。先見の明があった」

「そんなことありません。松尾さんの力がなければ、わたしはとてもチーフなんて、やってこられなかったです」

翔子ははっきりと言いきった。本当に、心からそう思っていたからだ。純文学や男性作家の棚は純也だからこそ安心してまかせられたし、その仕事ぶりに、いつもかなわないな、という尊敬の念を抱いてきた。男子アルバイトの教育や女子アルバイトの苦情への対応も、翔子ひとりではどうなっていたかわからない。

「ありがとう。今井さんにそう言ってもらえると、少し自信が持てるよ。まったく、進歩していないのは僕だけだと、いつも落ち込んでいたから」

純也のナイーブな感性は、今の書店で仕事をするには少々きついのかもしれない。そう思ったとたん、翔子は純也がめずらしくこんな朝いちばんに、なぜ声をかけてきたかを悟った。

「松尾さん……」

まさか、と言ったら、それが本当になりそうで、翔子は言葉をのみ込んだ。

「うん。今月いっぱい、八月末で退職することにした」

翔子は、あきらめたようにそろそろと息を吐き出した。思えばチーフに昇格してからずっと、いつかこんな日が来るのではないかと、頭の片隅で恐れていたような気がする。

「そのあとは、どうなさるんですか？」

「しばらくは、インターネットで古本屋のサイトをやっている友人を手伝うつもりだ。時代についていけない僕が、ネット本屋なんてできるのか、大いに不安だけどね」

純也は、消極的な言葉に反して、すがすがしく笑った。翔子も、寂しさを決して表に出さないようにして、笑った。純也のためにできることは、もうそれしかないように思えたから。

「しばらく書店嫌いになるかもしれないけど、今井さんのいる書店にはかならず行くよ。どこの支店に移ってもわかるように、いつも、いい棚をつくってください」

そう言って、純也は右手を差し出した。翔子はその手を握り、純也が握り返した。本当は握手なんてしたくない。さよならの握手なんていやだと翔子が思ったとき、すっと純也の手が離れていった。じゃあ、とレジのほうへ歩いていく純也を見送ってから、翔子は思う存分、大きなため息をついた。いちばん下の棚を整理するような姿勢で、しゃがみ込んだ。純也はひとつの答えを出した。けれど、翔子はたったひとつの答えもまだ出せないでいる。真正面からすべてを見据えて、気のすむまで考えて迷っているのならまだいい。翔子は、考えることも、迷うこともできない。譲二は、翔子を別世界へといざなう。翔子には、大輔と一緒に並んで歩いてきた道がある。そして今、翔子の書店員の仕事にも新たな変化が訪れた。

これから、どうなるんだろうな、おれたち。わからない。翔子は大輔に何を求めているのか。早く経済力を持って結婚してくれること？　休日を同じ趣味を持って楽しく過ごしてくれること？　人気シェフになって有名になってくれること？　ときにはうちでも手料理を作ってくれて、家庭的な夫になってくれること？　誰よりもやさしくしてくれること？　世界でいちばん好きだと言ってくれること？　わからない。答えが出ない。では、大輔は翔子に、何を求めている？

「今井さん」

ふいに名前を呼ばれて振り返ると、大輔が立っていた。三年半前、この書店の前で出会ったときも、大輔は制服のエプロンについたネームプレートを読みとって、こんなふうに翔子の名前を呼んだのだ。

「今井、翔子さん」

翔子はふらふらと立ち上がった。今がいつで、ここがどこなのか、不可解な錯覚に視界が揺れた。

「翔子」

大輔は、くっきりとした輪郭で、そこに立っていた。

「おれ、フランスに行く」

「え？」

翔子は瞬《まばた》きをして、もう一度大輔を見た。

「これ以上日本にいたら、おれは本当に腐ってしまう。本場に行って、料理の修業をする」

大輔がフランスに行く。料理の修業に行く。では翔子は、ここからどこに何をしに行けばいいのか？

「カネも、コネも、経験もないおれに何ができるかわからないけど、とにかく行く。行かなきゃならないんだ」

それだけ一気に言うと、大輔はすうっと深呼吸のように息を大きく吸い込んだ。そして、翔子を見て、笑った。それは、あの、不思議な笑顔だった。翔子がこの人の笑顔をずっと見ていたいと思った笑顔。

「行ってくる」

そう言って、大輔は去っていった。翔子はただそこに立っていた。大輔が戻ってくるような気がしたから。いつかきっと、おれは自分の店を出してみせる。そしたら招待してやるから待ってろよ、翔子。大輔が振り返って、そんな決まり文句を口にするんじゃないかと思って。そう言って、また翔子の頭をくしゃくしゃとやるんじゃないかと思って。でも、大輔は戻ってこなかった。大輔は、本当に行ってしまったのだ。翔子はぼんやりとした視界の中で、たった今、かけがえのない居場所を失ったことに気づいた。

# 第八章

「人前結婚式というのは、神様や仏様の前ではなく、おふたりにとって大切なかたがたの前で永遠の愛を誓い、ご列席の皆様におふたりの結婚の証人となっていただくものです」

ホテルの司会者は、お仕着せのタキシードに身を包み、淀《よど》みない弁舌で話した。まるで西洋風の邸宅に呼ばれたような明るいパーティルームは、新婦の好きなピンクの花で飾られていた。全部で三〇名ほどの列席者でほぼいっぱいになっていたが、窓から見える青い空と海が、開放感を与えている。

「新郎新婦たっての希望で、この結婚式に特定の立会人はいらっしゃいません。列席者の皆さんひとりひとりがこの結婚の立会人となるのですから、責任は重大でございます」

司会者の少々芝居がかった物言いに、親族たちの間で笑い声が広がり、会場の雰囲気はにわかになごやかになった。

「実は、新郎新婦がはじめてデートをしたという、東京ディズニーランドが見えるということで、この会場が選ばれました。思い出の場所に見守られて、おふたりは今日、新しい一歩を歩きはじめます」

　会場の端で、少し光ったチャコールグレイのスーツを着て、めずらしく細いネクタイを締めた秋元が、にやっと笑って小声で言った。

「ディズニーランドが初デートだって。あいつら、ほんとベタだよな」

　それを聞いた瑞穂が、ひじで秋元をつつきながら言った。

「いいじゃない？　初々しくて」

　ちょうど今日の、秋の空色のような、スカイブルーのぴったりしたミニドレスが、瑞穂のブロンズ色の肌によく似合っている。翔子は自分の着ている、襟とカフスにレースをあしらった紺のワンピースが急に子供っぽく、禁欲的に感じられて、傍らのひかりと亜耶に視線を移した。ひかりはゴールドベージュのドレスに合わせて髪をアップにまとめ、亜耶はシフォンの袖がついた黒いベロアワンピースで今日ばかりはお嬢さんぽい装いだ。こんなとき、もっと自信を持って、自分らしい着こなしができる人になりたいと翔子は思った。

「それでは、新郎新婦のご入場でございます。皆様、どうぞあたたかい拍手でお迎えください」

　拍手のなか、後方のドアが両側に大きく開き、新郎新婦が手をつないでゆっくりと入ってきた。大ぶりなパフスリーブと、ウエストのラインからふっくらと広がるドレープが、シンデレラのドレスを思わせる。花嫁は、ばら色の頬に美しい微笑《ほほえ》みを浮かべて、こちらに歩いてくる。翔子は、大切な友が選んだ幸福の形に思いを馳《は》せ、涙腺がゆるんだ。

「あんなにセレブ婚、セレブ婚って言ってたのにね」

ひかりが、まだ信じられない、といった顔で、翔子の耳元でささやいた。

「うん」

亜耶も、拍手をしながらこちらに頭を寄せた。

「相手の人、まだアルバイトってマジ？」

「うん」

「それじゃ共働き？」

「昼間のお料理教室どころじゃないじゃない」

ひかりと亜耶は、お互いに首をかしげるようにして、前方に視線を戻した。両親や親族、親しい友人たちの拍手に包まれて、幸せいっぱいのふたりは、この結婚の証人となる列席者たちに向かって、丁寧にお辞儀をした。七センチヒールを履いたすらりとした花嫁と、やや猫背気味の花婿の背丈はほとんど変わらないが、それもまたふたりの結婚を象徴する一要素のように見える。

麻奈実と内野の結婚は、ひかりと亜耶だけでなく、まわりにいる誰をも驚かせた。今日は店長会議でどうしても出席できなかった山崎も、これだから最近の若い者はわからないと苦笑いしていた。来年の四月からの本社採用が内定したその日に、内野は麻奈実にプロポーズした。麻奈実は迷いもせず、その場でイエスと即答したそうだ。

「あのＩＴセレブの彼じゃなくて？」

翔子でさえも、麻奈実から報告を受けたバイキングランチの席で、第一声についこんなことを口走ってしまった。すると麻奈実は少し決まり悪そうに笑って、そのＩＴ関連会社に勤める彼が、実はセレブでも何でもないことがわかったのだと話した。

「仕事の話も、経歴や資産の話も、全部嘘《うそ》だったの。サギみたいな嘘じゃないんだけど、巧妙にデフォルメされてて、その姑息《こそく》なところが私、いやで。はあ、こんなに探しても、本当のセレブには出会えないのかって、もう絶望的になっちゃった」

そんなとき、落ち込んでいる麻奈実を励ましてくれたのがなんと「いつも平行線」の内野だった。偶然帰りが一緒になった内野は、麻奈実の元気のない様子に気づき、夕食をごちそうしてくれた。そして、麻奈実が例の彼と別れた話をしたところ、内野は急に上機嫌になり、何度も、よかった、よかったとくり返した。その様子がおかしくて、どこかうれしくて、麻奈実は内野に心を開いた。

「前に私が、セレブ婚ができるなら、どんないやなダンナでも我慢するって言ったら、彼、すごく怒ったじゃない？　そんな生活で私が幸せになれるはずないって。その言葉が、ずっと頭に残っていたの。この人が言っていることはもしかしたら正しいのかもしれないなって」

内野はおそらく、以前からずっと、麻奈実のことが好きだったのだろう。だからこそ、麻奈実のセレブ志向の言動にいつも食ってかかり、反発していたのだ。

「いつも、彼の言葉には、嘘がひとつもないの。私の悪いところは悪いとちゃんと言ってくれる。いいところはその何倍も褒めてくれる。そして何より、私をいちばんに愛して、大切に想《おも》ってくれる。こんな女の幸せ感じたの、はじめてかもしれない」

結婚を決めた理由をそう語る麻奈実は、相手の年収にばかりこだわっていたのが嘘のように、肩の力が抜けて、ナチュラルな魅力にあふれていた。

「私たちふたりは、本日皆様の前で誓いあって、夫婦となりますことを、幸せに思います。これからは心をひとつにして、互いに助けあい、あたたかい家庭を築くことをここに誓います」

ふたりは、声を揃《そろ》えて誓いの言葉を朗読した。麻奈実の声が、緊張と喜びに少し震えているように聞こえた。指輪の交換が終わり、列席者全員による署名がはじまった。新郎新婦の前に置かれた誓約書に、ひとりひとり、大きな羽根のついたペンでサインをする。翔子たちも、立会人の長い列に並んだ。

「だからベタなんだよ、やることが。いかにも手づくりウェディングって感じでさあ。こういうの、苦手なんだよなあ」

秋元は、口では面倒くさそうに言いながらも、ふたりを微笑ましく見守っている。

「ベタなぐらいがいいのよ、結婚式は。変にかっこつけるとロクなことないんだから」

「う、もしかして瑞穂姉、俺のこと言ってない？」

そのやりとりに、翔子は思わず聞いた。

「秋元さんって、バツイチだったんですか？」

「バツイチどころか、バツ２。二回とももう、オッシャレーな挙式して！」

今日で解禁とばかりに、瑞穂は秋元のプライベートを、うれしくてたまらない様子で明かした。

「おめでたい席で、俺の話はいいからさあ」

瑞穂をたしなめながら、まんざらでもない様子の秋元を見て、麻奈実の言うとおり、魅力的な大人の男だと翔子は思った。もちろん、結婚生活を二度とも破綻《はたん》させるには、何らかの欠点があるのかもしれないが。

「幸せって、もともとベタなものだと思わない？　翔子ちゃん」

瑞穂が、少し間を置いてから翔子に言った。そのとおりかもしれない。幸せは、月並みで、ありきたりで、平凡な、それでいて特別なもの。

「だからね、何が言いたいかっていうと」

瑞穂は、ダイヤモンドネックのカッティングが美しい胸元をぐっと張るようにして言った。

「やっぱり、カネより愛、よ！」

瑞穂の堂々たる宣言に、翔子は素直に感服した。すぐそばで聞いていたひかりは、瑞穂の手をとらんばかりに感激をあらわにした。

「賛成！　そうですよね、やっぱり女はそうでなくちゃ！」

ひかりのあとに続いていた亜耶は、この人たちいったい何考えてるの？　とでも言いたげに斜《はす》にかまえていたが、さすがの彼女も、この迫力ある人生の先輩には意見するのを控えたようだった。

「今日は本当にどうもありがとうございます」

署名する番がまわってきた翔子たちに向かって、内野が頭を下げた。麻奈実も、ちょっと神妙な顔で彼に倣った。

「きれいよお、麻奈実ちゃん！　おめでとう」

瑞穂が、顔をくしゃくしゃにして言った。

「大変なのはこれからだからさ。まあ、がんばってよ」

秋元はぽんぽんと内野の肩を叩《たた》いた。

「幸せな家庭つくって、私と翔子のお手本になってね」

ひかりはさっと手を伸ばして、花嫁のヴェールを直した。

「これ、結婚祝い」

唐突に、亜耶が麻奈実に、リボンのかかった細長い箱を差し出した。プレゼントはあとで個別にということにはなっていたが、麻奈実はかまわずすぐに箱を開けた。麻奈実の顔が、ぱっと輝いた。

「アヤが作ったから、おいしいかどうかわかんないよ」

麻奈実は、きれいに焼かれたローズピンクのマカロンをその場で口に運んだ。

「おいしい」

亜耶はどうでもよさそうにそっぽを向いたまま、よかった、と小さく言った。ひかりが翔子に、意外といいとこあるじゃない？　と目配せした。もちろん、亜耶は翔子の自慢のいとこなのだから。

「みんな、ありがとう……お先に、で悪いけど、私、幸せになるね」

そう言って、麻奈実は眉を八の字にふにゃっとさせて微笑んだ。署名を終えて、会場のもとの位置に戻ると、司会者がおごそかな口調で言った。

「皆様からおふたりへ、結婚の承認をいただきます。ここで皆様からの盛大なる拍手をもって、結婚が成立したことを宣言します」

賛同の拍手のなか、ふたりの手で掲げられた誓約書は、ずっしりとした重みを持ちながら、かろやかな未来を約束しているようだ。すると、秋元が翔子をつっついて、にやっと笑った。

「先生は？　スタンバイ、オッケーなの？」

「はい」

翔子は微笑んで静かに答え、司会者の次の言葉を待った。

「ではここで、もうひとかた、大切なゲストをお招きしたいと思います」

麻奈実が、えっという表情を隣の内野に向けたとき、ドアが静かに開いた。譲二は、細身のミッドナイトブルーのスーツを着て、いつもと変わらない飄々《ひょうひょう》とした振る舞いで司会者の脇に立った。

「青木譲二です。雅樹さん、麻奈実さん、本日はご結婚おめでとうございます」

麻奈実はあまりの驚きに、きれいにローズ系の口紅を引いた唇をぽかんと開けたまま、譲二の姿に見入っていた。翔子から、このサプライズゲストのことを聞いてから、今日まで麻奈実に内緒にしていた内野は、ほっとしたように穏やかな笑顔を彼女の横顔に向けた。

「この神聖なる場で、以前、麻奈実さんが大好きだと言ってくれた僕の小説『彼方へ・・・』のラスト、主人公のモノローグを朗読したいと思います」

麻奈実は喜びのあまり、白いサテンの手袋をつけた両手で顔を覆った。一瞬のあと、はっとしたように麻奈実は翔子のほうへ視線を投げた。翔子が笑顔で応えると、麻奈実はこみあげた涙がこぼれないようにそっと微笑んで、うなずいた。こんな、大切な友達の、驚き、喜ぶ姿を想像しながら、翔子は譲二に、『彼方へ・・・』の朗読を頼んだのだ。

思いきってかけた電話の向こうで、譲二は、翔子の願いを快く引き受けてくれ、その思いつきを大いに褒めてくれた。けれど翔子はずっと、自分自身へのある問いかけが心をかすめていた。麻奈実の結婚を祝う気持ちは本物でも、それを口実にして、自分が譲二に会う機会をつくろうとしているのではないのか、と。翔子にとって、極上の夢でもあり、悪夢でもあったあの夜以来、譲二からの連絡はふっつりと途絶えた。本当に、彼が小説を書き終えるまで会えないのだ。そう確信してから、翔子の心にさざ波が立ちはじめた。

大輔が渡仏した今、翔子にとって譲二の不在は予想以上にこたえた。誰かとふたりでいても、寄りかかって生きるのではなく、自分の足でしっかり立っていたいなどという考えが、分不相応の思い上がりだったことを思い知らされた。こんなにも、誰かに依存して生きてきたのかと、愕然《がくぜん》とする。そんな自分を嫌悪しながらも、翔子は譲二に会いたかった。彼に会って、安心したかった。けれど、ふた月ぶりに目の前に立つ譲二は、翔子の心をまた、ざわざわと不安にさせている。

「おふたりの門出を祝う言葉になるように、心を込めて読みます」

譲二は静かに、手にしたブルーの本のページを開いた。麻奈実は、その場面を心に刻み込むように一度目を閉じ、深くうなずいた。翔子も、譲二の紡《つむ》ぎ出す言葉の海に身をゆだねた。

「彼方へ・・・

遠くから、きみが僕を呼ぶ声が聞こえる
僕の声は、今、きみに届くだろうか

遠い光が、僕をきみへと導く
きみにはその光が、見えているだろうか

遠く離れてきみを想う
それで僕は気づいたんだ
人を好きになるということは
その人が、世界のどこかに存在しているだけで幸せになれる
そんな気持ちであることを

かならず迎えにゆくよ、なんて言えなかった
約束は、人を縛るから
僕はきみを縛りたいわけじゃないから

ただ、きみはひとりじゃないってことを伝えたかっただけ

きみの笑顔
きみの涙
風の音
海の色
あの日見た虹
確かにふたりはつながっていた

きみを幸せにする、なんて、僕は言えない
だって、きみの幸せは、ひとつじゃない
何通りも、何百通りもあるんだ
きみが気づいていないだけで

同じ場所にいても、違う夢を見ていた
僕たち
遠く離れた場所にいても、同じ夢を見ている

ふたりを邪魔するものはもう何もない
ふたりを隔てる距離も時もない

さあ行こう
ふたりで行こう
愛の彼方へ
夢の彼方へ
彼方へ・・・」

式を終えて、そのままカジュアルなウェディングパーティが行われている会場を抜けて、翔子は譲二を送りに出た。

「小説を書いているよ。もちろん、本業の合間だから、思うようには進まないけれど」

メインロビーに続く長い廊下を歩きながら、譲二は言った。

「やっぱり、僕は素人だから。伝えたいことが渦になって、なかなか形にならない」

少し憂鬱《ゆううつ》な表情を見せた譲二に、翔子は言った。

「大丈夫、きっと書けます」

「ありがとう」

譲二の表情が、ほんの少しゆるんだ。不思議なことに、さっき大勢の人の前で挨拶や朗読をしていたときより、今のほうが緊張しているように見える。

「でも、もうすぐ終わる。三か月で書き上げるって決めたんだ。どうしても、あときっかり一か月で完成させなくちゃならない」

「一か月？」

その具体的な期限に翔子が首をかしげると、譲二は上着の内ポケットから水色の封筒を取り出して、ちょっと自嘲気味に笑った。

「もう、飛行機のチケットをとってしまったから」

「えっ？」

思えば出会ったときからずっと、翔子は譲二に振りまわされっぱなしだった。彼の行動のすべてが、翔子にはまるで予測がつかない。けれど、このときほど驚いたことはなかった。

「お仕事は、どうなさるのですか」

翔子はなるべく動揺を見せないように問いかけた。

「ほぼ無期限の休暇」

無期限の休暇。その言葉には、甘く贅沢《ぜいたく》な響きがあった。一緒に、世界中をまわろう。

ここには、きみと僕しかいないから。次の作品の舞台になる街を、一緒に探しにいこう。あの夢のような誘いを、譲二は今、現実にしようとしているのだ。

「クリニックを共同経営している仲間に無理を言って、引き継いでもらったんだ。さすがに、歯科医をやめる勇気まではなくてね」

ホテルのロビーに差しかかったところで、譲二は立ち止まった。そして、水色の封筒に、じっと目を落とす。

「きみに会ったら渡そうと思ってた。片道のチケット」

譲二は、気持ちが行ったり来たりして迷うように、指の腹を封筒の上で何度か滑らせた。

「でも、気が変わった」

譲二はきっぱりと言って、封筒をもとあった場所にしまい込んだ。翔子は、大切な宝物を途中で取り上げられた子供のように、目を大きく開いた。

「今日、きみが友達の結婚に涙するのを見て思ったよ。友人、仕事、家族、恋人、生活。僕はきみの事情なんて何も考えていなかった。ただ、きみと一緒にいたいという、まったく身勝手な申し出だ」

翔子は顔を上げて、譲二の瞳を見つめた。

「だから、断られて当然なんだ。そのほうがきっと、きみにとって正しい答えかもしれない。ここでチケットを押しつけて、きみに負担をかけたくない。でも」

譲二は一気にそこまで言って、一度言葉を切った。ふうっと息をもらし、翔子の手に小さな紙片を握らせた。封筒の代わりに譲二が翔子に渡したのは、この間の待ちあわせのときと同じ、走り書きのメモだった。そこには日時と、成田空港の出発ロビーで落ちあう場所がくわしく記されている。

「人生でたった一度だけ、間違った答えを出してみてもかまわない。そう思ってくれたなら、空港に来てほしい」

そんなのいやだ。いつものように、もっと強引に連れ去ってくれればどんなに楽だろう。翔子は何も考えず、ただ彼が見せてくれる魔法に見とれていればいい。それなのに、こんな大きな決断を、翔子がたったひとりでくださなくてはならないなんて。

「きみの手を引っ張って、どこかへ連れていくことはできないから」

また心を読まれた、と翔子は思った。譲二は逃げているわけでもない。責任のがれをしているのでもない。翔子をひとりの人間として尊重しているのだ。かならず迎えにいくよ、と言えなかった主人公と同じように。これが、彼の作品の根底に流れている男のやさしさであり、ずるさでもあるのだ。

「もし来てくれたら、今度こそ、僕は本当に飛び上がって喜ぶだろうな。誰か見ていようと、どんなに大勢の人が見ていようと」

譲二はやっと、力が抜けたように笑った。彼の印象をがらりと変える、真っ白な歯が見えた。

「じゃあ」

あっけなく、譲二はメインロビーに向かって歩き出した。また明日、すぐに会う約束をしているみたいに。もう二度と、会えないかもしれないのに。譲二の後ろ姿が見えなくなって、翔子は外の空気を吸いに中庭に出た。翔子の頬をなでていく心地よい秋風のなかに、もう夏の名残はない。ほんの少し混じった乾いた冷たい空気は、むしろ冬の訪れが近づいていることを知らせていた。翔子が自分ひとりの足で歩き出さなくてはならないときが、すぐそこに来ていた。

「ふたりでホテルに泊まるなんて、いつ以来？」

ひかりが、指折り数えて考えながら言った。パーティが終わり、麻奈実と内野は、無事、新婚旅行へと旅立った。ふたりが親族用にとっておいた部屋がひとつ余ったので、翔子とひかりは今夜そこに泊まることにした。もちろん、ふたりとも明日は仕事だったから、ふだんよりかなり早起きをしなくてはならないが、久しぶりに親友と心置きなく話せる貴重な夜だ。これもまた、パーティで余ったワインやチーズを分けてもらって、安上がりな宴《うたげ》となった。ツインベッドの間に置かれた小豆色のソファに、ふたりはゆったりともたれた。

「短大卒業のときに行った、グアムじゃない？」

ひかりが先に答えを出した。卒業後、ひかりは学生に、翔子は休みが不規則な仕事についていたため、いつもどこかに行きたいねと話しながら実現しなかった。

「そうだね。楽しかったね」

翔子にとって、はじめて訪れた海外は、エメラルドグリーンの遠浅の海と白い砂浜。それだけで、じゅうぶんだった。

「うん。楽しかった」

ひかりは、少し遠い目をして言った。

「結局あたし、今んとこあれが人生たった一度の海外旅行だわ」

「わたしも」

翔子も言って、ふたりはちょっと情けなく、笑った。

「次はハワイ、その次はバリ、それからオーストラリアに行って、なんて言ってたのに」

「アメリカ本土はロスとニューヨークをまわって、それから仕上げにヨーロッパねって」

「パリとローマ、どっち先にする？　なんて真剣に悩んだりしてさあ。夢は広がってたわ」

「最初で、止まっちゃったね」

翔子が残念そうに言うと、ひかりはちょっと悪戯《いたずら》っぽく笑って、翔子の飲んでいたワイングラスに自分のグラスをかちりと当てた。

「でも翔子、今言った国、片っ端から行けるかもしんないじゃん？　これから」

翔子は力なく笑って、ワインをひと口飲んだ。ひかりの言うとおり、譲二の誘いを受ければ、当時ふたりの立てた旅行計画など、あっという間に達成してしまうのだろう。けれど果たして、卒業旅行のグアム島しか行ったことのない翔子が、いきなりそんな極上の旅にちゃんとついていけるものだろうか。南国の高級リゾートのスイートルームでくつろぐ自分など、翔子にはまったく想像がつかない。

「どうするの？」

ひかりが、真面目な顔で聞いた。

「わからない」

翔子は正直な気持ちを答えた。

「大輔くんはパリに行ったきり？」

「うん」

大輔からは、ひと月ほど経《た》ってから、無事に着いたという絵葉書が一枚、届いた。パリらしい街角の風景を切りとったありふれた写真の裏に、やっと住むところと働く場所が決まったとだけあって、具体的なことは何も書いていなかった。何のつても、資金もない彼が、ちゃんと料理の勉強をする環境にあるのか心配だったが、翔子が力になれることは何もない。

「メールとか、してるの？」

「ううん。住んでいるアパートがパソコンをつなげないみたい。携帯電話も持ってないし」

「花のパリなのに、彼のまわりに文明の利器はないのね」

「そう」

「じゃあ、翔子が会いに行くしかないわけだ」

ひかりの言葉に、翔子はちょっと肩をすくめた。こんなに交通手段が発達した世の中で、たかだか十数時間で到着するパリを世界の果てのようにとらえるのは、甚だしい時代錯誤なのかもしれない。けれど、翔子の感覚では、自分の力では決してたどり着けないような遥《はる》かな距離だった。

「あたしは決めたよ」

静かに、ひかりが言った。

「彼と別れる」

翔子は、黙ってうなずいた。すると、ひかりは急ににっこりして言った。

「あたし、翔子のそういうところが好き。びっくりしたり、同情したり、どうして、どうしてって、大騒ぎしないところ」

それは同時に、翔子の短所とも言える。ここにいるのがひかりでなかったら、冷たい人だとなじられるかもしれない。どんな出来事も決して人ごととは思えない生真面目さが、かえって必要以上に冷静になる癖をつけた。

「ひかりが決めたことだもの」

翔子が言うと、ひかりは自分を納得させるように、深くうなずいた。

「彼を愛している気持ちは、今もぜんぜん変わらない。でもあの夜、あたしの中で何かが終わったの」

翔子は、病院の白いシーツに浮かび上がったひかりの青白い顔を思い出した。それに比べて目の前のひかりは、一時かなりこけていた頬もやわらかなラインを取り戻し、本来の精気が蘇《よみがえ》ったように見える。

「今までの恋愛は、別れるって決めるまでが大変で、一度決めちゃえば、けっこうさっぱりしてたんだけどね。今回は、決めてからが地獄よ」

ひかりはさばさばした表情で笑ったが、不倫の恋に自ら幕をおろすのがどれだけつらいことなのか、翔子には想像がつかない。

「彼はあたしが離れていったとたんに、ありとあらゆる方法を使って引き止めにかかるし、今でも毎日仕事で顔を合わせるし。まったく、職場不倫なんてするものじゃないわ」

ひかりは切れ長の目を見開いて、瞳をぐるりとまわして見せた。

「まだどうなるかわかんない」

ひかりは、一瞬のうちに目に涙をためていた。すっかり立ち直ったように見える今でも、まだこれだけ繊細な感情の起伏のなかで、必死でがんばっているのだ。ひかりは涙を心の中の源泉に返そうとするように、天井を仰いだ。

「でも、きっとやり遂げるわ」

そう言って翔子のほうを向いて微笑んだときには、もう涙は消えていた。この先、心がぐらつくことがあっても、ふたりが振り出しに戻って、また行き止まりにたどり着いても、彼女の勇気は決して無駄にはならないだろう。

「あたしが決めたことだもの、ね」

ひかりのすっきりした笑顔に、翔子は微笑んだ。十代で出会ったときからずっと、ひかりの凜《りん》とした、しなやかな強さは、翔子の憧れだ。

「次は翔子の番よ」

空になったグラスにワインを注《つ》いで、ひかりは翔子の手に持たせ、自分のグラスを合わせた。今夜、何度目かわからない親友との乾杯は、いつまでも翔子の胸に残った。自分も勇気を出せるかもしれないと翔子は思った。これからどこに向かっていくとしても、またこんな夜が来るのなら。


翔子がそれを見つけたのは、それから二週間ほど経った休日の午後だった。夏が終わったらすぐにクリスマスよ。常にカレンダーを先取りする仕事をしているひかりは、きまって毎年口にするが、今年にかぎっては翔子も同感だった。クリスマスシーズンの繁忙期に向けて、十一月のうちにやっておかなくてはならないことが山ほどあった。あわただしく時が過ぎていくなかで、翔子の心だけが同じところを行ったり来たりしていた。仕事で忙しいときはまだいいが、何の予定もない休日は、どこにいても身の置き場に困ってしまう。

今日も、部屋をさっと片づけて掃除機をかけ、洗濯をすませ、実家から送られてきた野菜を使った簡単な蒸し料理の昼食を食べてしまうと、もう何もすることがなくなった。ぼんやりと部屋を眺めていると、知らない間に多くの本が片隅に積み上げられているのに気づいた。この一年で、また翔子の蔵書は増え、ついに自慢の棚にも入りきらなくなってしまった。特に思い立ったわけでもないが、気がつくと本格的な書棚整理をはじめていた。

まだキャベツや大根、白菜などが残っていた段ボール箱を空にして内側をきれいに拭き、新聞紙を敷く。棚のコーナーごとに、手元に置いておく本と実家に送る本を選別して、詰めていく。迷った本は、一時〝保留〟の場所に置いて、あとでもう一度考えることにする。

ずっと続けていると、だんだん作業が速くなって、ほぼ瞬間的に判別できるようになってくる。本棚の整理はとりかかるまでは億劫《おっくう》だが、ここまで来てしまえば楽しい。段ボール箱もちょうどいっぱいになり、このくらいでやめておこうと思ったとき、翔子の手が、いちばん下の段の左端で止まった。

見覚えのないものだった。背表紙が丸く、中のバインダーリングを包み込むような仕組みになっている。こんな本を買っただろうかと手にとると、それは四六判より少し大きめのノートだった。何も書かれていない表紙をめくって、翔子は声にはならない息を漏らした。

メニュー《Carte》

ラタトゥイユ《Ratatouille》
南仏風野菜とパスタのスープ《Soupe au pistou》
そば粉のクレープ《Crêpes au sarrasin》
トマト・ファルシ《Tomates farcies》
ポトフ《Pot-au-feu》
レモンタルト《Tarte au citron》
牛肉のビール煮込み《Carbonnade de bœuf》
シュークルート《Choucroute》
ペッパー・ステーキ《Steak au poivre》
ブイヤベース《Bouillabaisse》

鴨《かも》のオレンジ焼き《Canard à l'orange》
いちごのソルベ《Sorbet à la fraise》
ムール貝のワイン煮《Moules marinières》
・
・
・
まだまだたくさんの料理の名前が、順不同に並んでいる。鉛筆で書かれた、右上がりの懐かしい文字だ。ところどころ字を間違えて、消しゴムで消した跡があった。

ページをめくると、左側に料理の写真が、右側にレシピが書かれている。貼りつけられた写真は、ピントが外れてぼけているものや、アングルが悪いものも多く、すぐに素人の撮ったものだとわかる。レシピは簡潔だがわかりやすく、むずかしいところや気をつけるところに星印がつけられ、日付と短いコメントが添えられている。「少し塩からい」「ミントの葉がきらい」「ナスは焼き目をつけすぎないこと」、そして「二度目のクリスマス」「翔子・二十五歳の誕生日ディナー」など。料理だけ撮っていると思っていたが、ときどき、翔子の顔が写っているものもあった。食卓とともにフレームに切りとられた翔子は、おいしそうに、幸せそうに、料理を口に運んでいる。

それは、大輔が作った、翔子だけのためのレシピ本だった。翔子は偶然、タイムカプセルを開けた少女のように、過ぎ去った日々を大急ぎでたぐり寄せた。大輔はいつ、このノートをここに置いていったのだろう？　翔子は、いちばん最後のページを繰った。

　そこにはふわふわのオムレツ・スフレ《Omelette soufflé》といわしのベニエ《Beignets de Sardines》、ルッコラのサラダ《Salade de roquette》、それに即席で作ったチョコレートムース《Mousse au chocolat》の写真があった。レシピの余白には、「翔子がチーフになったお祝い」とメモしてある。そうだ、あの日映画を観《み》たあと、「翔子の行きたいところ、どこでも」連れていってくれると言った大輔に、翔子は彼の手料理が食べたいとねだった。スプラッター映画のせいで、肉を食べたくない翔子のために大輔が考えたヘルシーメニューだった。

　思えばあのあと、大輔が翔子の家を訪れたのは、二、三度しかなかったはずだ。そのいずれかに、大輔はこのレシピ本を翔子に手渡そうとしたのだろうか。それとも、こっそり置いていって、いつか翔子が気づいてびっくりするのを密《ひそ》かにわくわく待っていたのだろうか。どうして今まで気づかなかったのだろう。悔しさで胸が痛くなるのと同時に、もっと早く見つけていたら何かが変わったのだろうかという疑問も湧き上がる。今、この時機にこの苦しさを味わうことこそが、自分に課せられためぐりあわせなのかもしれない。

　翔子は、リングノートのページを静かに閉じた。そして、棚のもとあった場所にそっと戻した。どのページからも大輔の愛とやさしさがあふれ出ていて、もう見ているのもつらかった。彼がふたりの三年間を、じっくりあたためた愛情でくるんでいる間、いったい自分はどこを見、何をしていたのだろう。このまっすぐで、不器用で、もどかしいほどの愛情を、自分は受け止めることなく手放してしまったのだ。そう翔子は思った。へなへなと力が抜けるように床に倒れ込んだ。右の頬を冷たい床につけたまま、外がすっかり暗くなるまで、翔子はずっとそうしていた。

床からわずかに体を起こしかけた翔子の視界に、『彼方へ・・・』の青い背表紙が揺めいた。人を好きになるということは、その人が、世界のどこかに存在しているだけで幸せになれる、そんな気持ちであること。譲二の、静かな海のような声が聞こえてくるようだった。翔子は、もう何も入ってこないように、ぎゅっと目をつぶった。どちらへも踏みきれず、譲二への返事を決めかねている自分など、消えてなくなってしまえばいい。もう誰にも会いたくない。そう思った瞬間に、それがどうしても会いたい気持ちと同じであることに翔子は気づいた。

冬休みの休暇にはまだずいぶん間があるせいか、成田空港の出発ロビーは、まだ混雑のピークには達していないようだった。大きなスーツケースを転がしていく家族連れや、アタッシェケースを片手に足早に歩くビジネスマン、派手なサブリュックを背負った学生同士の華やいだグループの中を、翔子は歩いていた。荷物は、少し大ぶりのボストンバッグと、パスポートと貴重品と文庫本を入れたポシェット。この旅に、多くの荷物は必要ない。

バッグには、最小限にそぎ落とした、翔子にとってなくてはならないものしか入っていない。翔子の足どりも軽々としていた。身も心も、もう少しで存在自体がなくなってしまうのではないかと思うほどに軽くなっていた。

慣れない空港の案内表示を目で追って、翔子はときどき立ち止まったり、途中で方向を変えたりしながら進んでいく。ようやく行方が定まって、まっすぐ歩きはじめたとき、翔子の足元でかすかな金属音が聞こえた。何か落としたのかと心当たりをさぐったが、何も思い浮かばない。気のせいかと、また歩きはじめようとして、翔子はいつもと違う何かを感じた。その相違はすぐにわかった。翔子は自分の左手首に触れた。この半年近く、どんなときも翔子とともにあった、あの小さな金のチャームが、そこにはもうなかった。

足元や、まわりの地面を探したが、天使のお守りはどこにも見当たらない。たった今、糸が切れて、この地面に落ちたはずなのに。翔子はしばらくの間、小さな丸いものが転がっていきそうな範囲をくまなく探したが、チャームは見つからなかった。そのうちに、本当に自分が金属音など聞いたのかどうかさえ、あやふやになった。

このお守りは、きっとあなたの望みを叶《かな》えてくれるでしょう。夢がはじまった夏の夜、譲二の声が耳元で響いた。願いごとをしなかった翔子にも、天使はちゃんと望みを叶えてくれたのだ。ひとりで自分の足で歩いていく勇気と、愛と希望をくれたのだ。前方に広がった道を、翔子は前を向いて、歩き出した。

「翔子、元気ですか。

もう三月の終わりなのに、パリはまだ冬の寒さのほうがしっくりくるようです。かと思えば、夏のように暑い日もあるんだけど、太陽はほんの気まぐれのようにまた姿を隠す。フランスの人はみんな太陽が大好きで、太陽が顔を出すだけでとても幸せそうな顔をするし、街のレストランやブラッセリーも賑《にぎ》わう。そういう意味では、日本人よりもフランスの人のほうが予定に縛られていない、お天気次第、風まかせというところがあるのかな。

おれの働く店はごく庶民的なビストロで、ちゃんと予約をしなくてはテーブルにつけない一流レストランではないから、余計そう感じるのかもしれない。みんな季節なんて関係ない、思い思いの格好で来るしね。ちょっと日差しが強いとすぐにタンクトップやTシャツだし、少し寒いとすぐ分厚い革のジャケットを着こんでるし。

先週、はじめて皿洗いと掃除以外の仕事をさせてもらったよ。と言っても、野菜を洗ったりみじん切りをしたり、そう、ファミレスでいう「調理補助」の仕事だね。それでも、一歩前に進んだ。うれしくて、鼻が痛いくらいだった。ここのメニューには、フランス料理の基礎になっている昔ながらの家庭料理や地方料理がたくさんあるから、学ぶこと、吸収したいことがいっぱいだ。一日中厨房《ちゅうぼう》にいてアパートに帰って眠るだけの生活だから、パリの街をゆっくり歩く時間もない。でも、いいんだ。厨房にいるだけで、おれはじかにフランスの空気を感じているから。そのわりに、まだフランス語はあまりうまくならないんだけどね。

店のオーナーがたまたま大の日本びいきで、家では柴犬《しばいぬ》を飼っていて〝健《ケン》〟って漢字の名前をつけているくらいなんだ。日本語を習いたいから、日本語の本を持っていないかって聞かれたけど、おれ、本を読まないからさ。翔子に言われたとおり、もう少し本を読む習慣があれば、コミュニケーションがとれたかも。それに、毎日フランス語に囲まれているとやっぱり日本語の文字が懐かしい。

結局、ここでしていることが本当に未来に役に立つかなんてわからない。本場で修業しました、なんて言ったって、皿洗いだけじゃ今流行《はや》りの経歴詐称だよな。本当に大事なのは、フランスで修業したことじゃなくて、その経験を生かしてお客さんが喜んでくれる料理を作ることだ。おれがシェフになりたいって思ったのは、食べてくれる人のおいしそうな顔を見るのが好きだったからで、金持ちになりたいとか、成功して名声が欲しいとか、そんなことのためじゃなかったのに。そんなことも忘れていたんだなあ。それを思い出しただけでも、収穫はあったんだよ、本当に。

去年の十一月、翔子がビストロを訪ねてきたとき、夢を見ているのかと思ったんだ。一瞬そう思ったんじゃなくて、もっとかなり長いこと、たぶん翔子がテーブルでランチを食べている間中ずっと、おれは夢を見ていると思っていた。店が終わってから翔子と向きあって、声を聞いて、話して、触れあって、やっと、夢じゃないんだとわかった。それで思ったんだ。こういうのを奇跡っていうんじゃないかって。

奇跡って、貯金のないおれがある日一攫千金《いっかくせんきん》で金持ちになったり、何もしないでゴロゴロしてるのにとてつもないチャンスが転がり込んできたり、何かそういうどこかバカげたもんだと思ってたんだよな。でも、違う。奇跡って、ずっと静かに心の中で願い続けてきたことが、ちょうどいい時機を迎えたときに現実に変わる。そういうことを言うんだな。翔子がおれに会いにフランスまで来てくれるなんて、まさに奇跡だった。そのくらい、あり得ないことだったんだ。

だっておれは、翔子になんの説明もせず、勢いだけで日本を飛び出してきてしまった。それも、今考えても恥ずかしいような勢いだよ。このまま日本にいたら腐ってしまうなんて、ほんとバカみたいだけど、あのときはいてもたってもいられなくて、叫び出したいような気持ちだったんだ。

兄貴に頭を下げて、飛行機代と当面の生活費を借りて、すぐに飛び立った。じっくり考えていたら、また、もとの場所に舞い戻ってしまいそうだったから。正直、翔子のことまで考えていられなかった。だから、本当は、ハガキを出すのもためらっていたんだ。勝手なことをしておいて今さらって、翔子に怒られるんじゃないかと思って。

翔子がパリにいた一週間、おれは毎日仕事で、ゆっくりふたりで過ごせる時間なんてほとんどなかったけど、今思い返すと、あんなにふたりで一緒にいた時間はなかったんじゃないかと思う。翔子は特別なことは何も話さなかったけど、会いに来てくれたことがすべての答えだとわかった。離れていてもずっと一緒に歩いていくことを決めた、あのときから何もかもが変わったよ。パリの長い冬の乾いた景色も、そこら中が輝いて見えた。

遠く離れていても、この世界には翔子がいる。そう思えるだけで、おれはとてつもない幸運を手に入れたような気持ちだ。だから、決めたんだ。おれは翔子のために強くなる。きつくても、ここで踏ん張って強くなるよ。そのあと自分に何ができるかは、それから考えることにして、あせらないで少しずつ前に進んでいこうと思う。いつかきっと自分の店を出して……なんて、大きなことはまだ言えないけど、もうしばらく長い目で見ていてほしい。次に会えるのは、どこで、いつだろう？　今度は夢でも奇跡でもなく、ごく普通の日常の中で、翔子と会いたい。

À bientôt !　大輔」

午後いちばんで搬入されてきた新刊を積んだブックトラックを押して、翔子は新刊台の前に立つ。新顔の本の数々は、めいめいに伝えたいメッセージを抱えて、多くの人の目に触れるのを待っているようだ。書店員の仕事のなかで、新刊の品出しをする作業が、翔子は好きだ。まるで、宝箱の蓋をそっと開くような気持ちで、生まれたばかりの本に触れる。

新刊の点数に応じてスペースをとり、それぞれの入荷数に合わせながら、平積み、棚差し、面陳列と、バランスよく並べていく。カバーの端や帯が傷ついたり破れたりすることがないように、慎重に、丁寧に、細心の注意を払う。ただし開店後に行うため、なるべくお客の邪魔にならないように、さっとすませなければならない。並び順や位置をじっくり考えている暇はない。すでに頭に入れてあるデータと、書店員としての勘に頼りながら、翔子は本を世に送り出していく。

てきぱきと働く翔子の手が、ある新刊本に触れて、止まった。それは翔子にとって、特別な一冊だった。うすいグリーンを基調としたカバーには、木陰に腰かけて、本のページに目を落とす女性の絵が、ラフなタッチで描かれている。かなりのページ数を収めたやや幅のある背表紙には、くっきりとした黒の明朝体の、上品な小さめの活字で、小説のタイトルがあった。

「書店員の恋」

振り向くと、山崎がブックトラックの横に立って、青木譲二の新刊を手にしていた。

「いよいよ、発売になったなあ」

「はい」

翔子がうなずくと、山崎は、いくらか不満がありそうに、右開きの表紙をめくった。

「青木先生の次回作だから、てっきりケータイ小説だと思っていたんだが」

譲二はこの作品を、ケータイ小説としてではなく、一般的な小説として出版した。それが、彼の選んだ新しい挑戦だった。

「ケータイ小説ジャンルでは知名度もあるが、一般書ではゼロからのスタートになる。路線変更するにはちょっと、時期尚早じゃなかったかなあ」

眼鏡のつるに手をやりながら、少し残念そうに言う山崎に、翔子は言った。

「そんなことないと思います」

翔子は、微笑んで言った。

「わたしはこの本、大好きです」

それを聞いて、山崎は、ふっと表情をくずして笑った。

「まあ、ケータイ小説のような爆発的な売れ行きは期待できないとしても、長く売れていく本になればいいいね」

「はい」

翔子は笑顔で答えて、『書店員の恋』を手にとった。きっかり五冊ずつ、互い違いに組んで平台に積む。譲二がこの作品に託した夢と希望は、きっと読んだ人の心に届く。翔子はそっと若草色の表紙をなで、譲二の忘れられない笑顔を思い浮かべた。譲二は異国の地で、何を見ても物語がはじまる旅を続けているだろう。大輔は、夢に向かって一歩ずつ進んでいる。そして翔子は今、確かに自分の足で立っている。自分が自分でいられることに誇りを持ち、何とかひとりで歩き出している。

翔子には、大きな夢も、目標もない。けれど、書店員の仕事は、本を通して、大勢の人の夢と夢をつないでいくことなのかもしれないと、翔子は思う。どんな本も、その一冊を必要とする人がいる。誰にでも、その人を必要とする人がいるように。すべての本が、多くの求める人のもとに早く届きますように。そっと、祈るような気持ちで、翔子は真新しい本を棚に入れた。

# あとがき

『書店員の恋』は、五年前に出版された書き下ろし長編小説である。あれからもう五年も経《た》ったのかと時の流れの速さに驚かされると同時に、まだたった五年しか経っていないのにずいぶん遠くまで来てしまったような、不思議な気持ちもある。

書店員の女性を主人公にした小説を書こう。そう心に決めたきっかけは、その前年に長編小説『年下恋愛』（マガジンハウス）を出版した際、担当編集者とともに書店をまわったことだった。数日かけて、都内や横浜、川崎、大宮など東京近郊の書店を訪ね、何十人もの書店員の方々にご挨拶をさせていただいた。アラサー女性の恋愛と友情を描いた作品だったこともあり、担当は大半が二十代から三十代の女性だった。

忙しい営業時間内にお邪魔して業務の支障になるのではと遠慮しているわたしを、書店員の女性たちは皆あたたかく迎え、丁寧に対応してくださった。彼女たちに共通するのは、知的な雰囲気と真面目さ、そして品の良さだ。本当に本が好きで、心から書店員の仕事に誇りを持っていることがじかに伝わってくる。仕事内容は女性にとってかなりの重労働なのにもかかわらず、イヤイヤ働いている人など一人もいないのではないかと思わせるさわやかな笑顔に触れ、わたしは実に清々《すがすが》しい気持ちになった。バックヤードで真新しい本にサインをしながら、ああ、こんな職場を舞台に書店員を主人公にした物語を書きたいと思った。そのとき感じた清々しさは、今もわたしの胸の中に残っている。五年の間に、この小説に登場する「ケータイ小説」のように当時の勢いを失っているものもあれば、ネット書店や電子書籍などさらなる発展を遂げているものもある。けれど時代は変わっても、二十代、三十代の女性たちが純粋に人を愛する心や、真摯《しんし》に仕事と向き合う姿勢は変わらない。人生の大きな岐路に立ち、迷い、戸惑い、苦しみながらひたむきに生きる書店員のヒロイン・翔子の選択は、どんな職種の女性たちにも共感していただけるのではないかと思う。

恋か仕事か、キャリアか結婚か、そして愛かお金か……正解のない難題に、この小説ではあえて答えを出した。あなたなら、どんな道を選ぶだろうか？　女性たちの抱える悩みは尽きないが、それはすなわち、女の生きる道がどんどん広がっているということだ。女性たちにはどんなときも、向かい風に胸を張って、笑顔で自分の道を歩いていってほしいと願う。

わたしの作品に触れてくださった方々に、最上級の幸せを。

二〇一三年　秋（日経文芸文庫版あとがき）

梅田みか

# 解説

大矢博子

あなたが何の前知識もなしにこの『書店員の恋』を手にとったとしたら、惹かれたのは「書店員」だろうか、それとも「恋」だろうか。

本が好きで、書店という場所が好きで、書店で働く人の話に興味を持った人。

恋愛小説が好きで、ドキドキやうっとりを求めて、ページをめくった人。

本書は両方の読者を満足させるディテールとストーリーを持ったお仕事小説であり恋愛小説であることに間違いはない。しかし、ちょっと気になってしまう。

「書店小説」を読みたかった人は、恋愛の部分をどう感じただろう。よもや恋愛模様を単なる味付けと思ってはいないだろうか？ 「恋愛小説」を期待していた人は、主人公の仕事をどう捉えただろう？ まさか職業は何でも良かったと考えてはいないだろうか？

お気付きいただきたいことが、ひとつある。

本書は「書店員」の「恋」ではなく、「書店員の恋」の話であるということだ。

ヒロインは書店員でなくてはならなかったし、書店員だからこそ恋に意味があった。

なぜか。それが本書の鍵である。

主人公の今井翔子は二十六歳。大手書店チェーンの渋谷店に勤めている。恋人は同い年の大輔。彼には将来フランス料理の店を持ちたいという夢があるが、現実はファミレスの厨房で働く日々に倦《う》んでいるところだ。

ある日、人事異動で文芸フロアのチーフになった翔子は、流行のケータイ小説のフェアをやるよう店長から指示される。それがきっかけでケータイ小説のベストセラー作家・青木のサイン会を翔子の店で行ったところ、青木が翔子に急接近して――。

というのが本書の導入だが、まず、書店員小説という観点から見てみる。何と言っても翔子がケータイ小説に戸惑う場面が光っている。もはやケータイ小説という言葉すら懐かしいが、二〇〇〇年代、ブームになったのをご記憶の方も多いだろう。もしかしたら大好きで読んでいたという人も、本書の読者の中にいるかもしれない。

Yoshiの『Deep Love』を皮切りに、映画にもなった美嘉『恋空』、メイ『赤い糸』など、携帯電話を使って執筆・閲覧される小説がティーンエイジャーの間で爆発的に流行した。それを書籍化したものが次々とベストセラーリストに名を連ねたのである。

携帯電話の画面で書きやすい・読みやすいことを念頭に置いて創作されたそれらの小説は、横書き、短い文章、多い改行などの特徴があったが、最も議論になったのは、文学作品としてのレベルについてだった。本稿はケータイ小説の是非について論じる場ではないし、既に従来の形でのブームは終わったと見られるのでそのあたりの論考は省くが、当時、文壇や本好きの間では、ケータイ小説が売れるという現象に眉をひそめる向きが多かったのは事実だ。もしピンと来なければ、あなたが感じる「なぜこれが売れるの？」というものに置き換えてご想像いただければと思う。

昔ながらの本好きである翔子もまた、ケータイ小説の何がいいのかわからない。わからないまま売ることはできないと、翔子はケータイ小説に向き合うのである。

他にも、入荷や返品の仕組みや、版元の営業との付き合い、陳列の工夫という、書店好きにはたまらないバックヤードの様子が興味深く綴《つづ》られ、それが本書の魅力のひとつであることは論を俟《ま》たないが、やはり翔子とケータイ小説の関わりと解釈が最大のキモであると言っていいだろう。

一方、恋愛小説として本書を見てみると、これはもうハッキリ書くと「カネも将来の見通しもない、でも好きな人」と「億の印税を稼ぐベストセラー作家」のどちらを選びますか、というところに焦点がある。もっとありていに言えば、「愛かカネか」だ。しかも愛の方はややぐらつき気味で、カネの方も愛がないわけではないと来れば、読者は「どっちにすんのよ！」「こっちにしなさいよ！」と前のめりになるしかない。

愛かカネか。これがキーワードだ。

この二択は、決して翔子の恋愛の話だけではないことに留意されたい。ケータイ小説の他に、本書では金儲け本や安易なハウツー本のヒットを憂う場面がある。他にもいい小説や読んで欲しい本がたくさんある、なのに何の愛着もない本ばかり売れる。書店だって出版社だって商売だから、売れるものを売らなきゃいけない。そのジレンマ。

つまり書店員としての仕事もまた、「愛かカネか」の話なのである。

当の書店員がどこがいいのかわからないのに売れるケータイ小説と、書店員として愛着があるのに売れないからと返品される本の対比。それは青木と大輔の対比でもある。翔子は、売る以上は良さを知ろうとケータイ小説を読む。けれど自宅では自分の愛する本に囲まれていたいと考える。彼女はどんな葛藤を抱き、どちらを選ぶのか。

本書が書店員の恋愛小説でなくてはならなかった理由がここにある。

そう思って読めば、脇を固める人々の役割が見えてくる。何がなんでもセレブ婚！　と張り切っていた麻奈実。ケータイ小説を愛読する亜耶。ポジティブで明るい性格なのに何か事情がありそうなひかり。女性だけではない。店長や同僚や版元など、さまざまなタイプの男性も登場させながら「愛かカネか」の二択を迫っているように見せているが、読み終わってみると「愛かカネか」で考えること自体が間違いなのだと気付かされるのである。

カネがあろうとなかろうと、愛がなくちゃ始まらないのだ。仕事も恋も、好きって気持ちがいちばん基本でいちばん大事なのだ。

もしカネだけを追うのなら、翔子はケータイ小説を頑張って読んだりせず、売れ筋をそのまま積めばいい。自分がお客様に売るものには、愛を持ちたい。それが翔子のベースにある。セレブ婚を狙っていた麻奈実の顚末《てんまつ》も、ひかりの事情も、亜耶の意外な一面も、すべては愛が根底にあっての話なのだ。

ケータイ小説は決して好きではないものの「売れるものには、かならずその時代を象徴する輝きがあるもんだ」と語る大手版元の編集者・秋元が印象的だ。一方、秋元と同じ版元の営業の瑞穂が、イマドキの若い女性がセレブ婚に憧れるのを向上心に満ちたバブル時代の女性と比較して一刀両断する場面もいい。

思い込みを排して良さを探す姿勢と、相手に頼らず自立する気概。本書に出て来る女性たちに欠けていたのは、まさにそのふたつである。彼女たちは皆、迷いながら傷つきながらも、自分にとって本当に大事なものは何かをつかみ取って行く。それは著者から女性読者に向けてのエールに他ならない。

現在、ケータイ小説のブームは終わったものの、売れる本とそうでない本の二極化は進み、売れる本はどの書店でも平積み山積みされる一方で、そうでない本は早々に店頭から姿を消す傾向は加速している。

けれどそんな中で、書店員が「自分の好きな本」を店頭で展開し、ベストセラーに押し上げた例もある。数としては決して多いとは言えない。しかしそれは書店員たちの、「愛かカネか」ではなく「愛があってこそ」の結果と言っていい。

流れを変えるほどの力は持たないかもしれない。けれど書店員たちのそんな愛は、その店を訪れる客に確実に届く。彼ら現実の書店員たちの愛ある抵抗が、私には本書の大輔と翔子の顚末に重なって見える。

本書は、お仕事小説と恋愛小説が奇跡的な融合を遂げた一冊だ。今あなたがこの本を手にしていることが、〈書店員の恋〉が叶《かな》った証《あかし》なのである。

（おおや・ひろこ／書評家）

二〇一三年一〇月（日経文芸文庫版解説）

# ハルキ文庫版あとがき

『書店員の恋』が、二次文庫として新たな門出を迎えることになった。最初の単行本からは八年、文庫化から三年の月日が流れた。こんな長きにわたって、この本が書店員の方々の手によって書店の棚に収められ、多くの読者のもとに届けられることを心から感謝している。

この八年の間に「ケータイ」が「スマホ」に取って代わったことは、わたしたちの生活を大きく変えた。本文の「ケータイ」「ケータイ中毒」なんて言葉に新鮮さを感じるのは、今ではいつでもどこでもスマホ、が当たり前になって、誰も「スマホ中毒」なんて言わないからだと気づく。そのうち、「活字中毒」も死語になるのかもしれない。

でも、「幸せになるのに必要なのは愛かお金か」という本書のテーマは、今もわたしのなかにある。同じテーマの短編集『幸せの値段』が同時期に出版されることにも縁を感じる。わたしにとってこの本は、いつも新たな刺激をくれる一冊なのである。

二〇一六年　夏

梅田みか

本書は平成二十五年に刊行された日経文芸文庫を底本としました。